A MEDIADORA

Assombrado

Outras obras da autora publicadas pela Record

Avalon High
Como ser popular
A garota americana
Quase pronta
O garoto da casa ao lado
Garoto encontra garota
Ídolo teen
Pegando fogo!
A rainha da fofoca
Sorte ou azar?
Tamanho 42 não é gorda
Todo garoto tem

Série O Diário da Princesa

O diário da princesa
A princesa sob os refletores
A princesa apaixonada
A princesa à espera
A princesa de rosa-shocking
A princesa em treinamento
A princesa na balada
A princesa no limite
Princesa Mia

Lições de princesa
O presente da princesa

Série A Mediadora

A terra das sombras
O arcano nove
Reunião
A hora mais sombria
Assombrado
Crepúsculo

Série As leis de Allie Finkle para meninas

Dia da mudança

MEG CABOT

A MEDIADORA

Assombrado

Tradução de
ALVES CALADO

4ª EDIÇÃO

galera
RECORD

Rio de Janeiro | 2009

CIP-Brasil. Catalogação-na-fonte
Sindicato Nacional dos Editores de Livros, RJ.

Cabot, Meg, 1967-
C116a   Assombrado / Meg Cabot; tradução de Alves Calado. – 4ª ed.
4ª ed.   – Rio de Janeiro: Galera Record, 2009.
.   – (A mediadora; 5)

Tradução de: Haunted
Seqüência de: A hora mais sombria
Continua com: Twilight
ISBN 978-85-01-06838-5

1. Adolescência (Meninas) – Literatura infanto-juvenil. 2. Escolas secundárias – Literatura infanto-juvenil. 3. Sobrenatural – Literatura infanto-juvenil I. Alves-Calado, Ivanir, 1953-. II. Título. III. Série.

05-3762

CDD – 028.5
CDU – 087.5

Título original norte-americano:
HAUNTED

Copyright © 2003 by Meggin Cabot
Imagem de capa © Jose Torralba/Getty Images

Todos os direitos reservados. Proibida a reprodução, no todo ou em parte, através de quaisquer meios.

Direitos exclusivos de publicação em língua portuguesa somente para o Brasil adquiridos pela
EDITORA RECORD LTDA.
Rua Argentina 171 – Rio de Janeiro, RJ – 20921-380 – Tel.: 2585-2000
que se reserva a propriedade literária desta tradução

Impresso no Brasil

ISBN 978-85-01-06838-5

PEDIDOS PELO REEMBOLSO POSTAL
Caixa Postal 23.052
Rio de Janeiro, RJ – 20922-970

Para Benjamin

Névoa. É só o que consigo ver. Só névoa, do tipo que vem da baía toda manhã, passando sobre o parapeito da janela do meu quarto e se derramando no chão em gavinhas frias e filamentosas...
Mas aqui não há janelas, nem mesmo um chão. Estou num corredor ladeado por portas. Não há teto, apenas estrelas frias piscando num céu preto como nanquim. O corredor comprido feito de portas fechadas parece se estender para sempre em todas as direções.
E agora estou correndo. Estou disparando pelo corredor, com a névoa parecendo se grudar nas minhas pernas, as portas fechadas de cada lado se transformando num borrão. Eu sei que não adianta abrir qualquer uma daquelas portas. Não há nada atrás delas que possa me ajudar. Eu tenho de sair desse corredor, mas não posso, porque ele simplesmente vai ficando cada vez mais comprido, esticando-se na escuridão, ainda coberto por aquela névoa branca e densa.

E de repente não estou sozinha na névoa. Jesse está comigo, segurando minha mão. Não sei se é o calor de seus dedos ou a gentileza de seu sorriso que afasta o temor, mas subitamente estou convencida de que tudo vai ficar bem.

Pelo menos até se tornar claro que Jesse não sabe o caminho melhor do que eu. E agora nem mesmo o fato de minha mão estar na dele consegue suprimir a sensação de pânico que borbulha por dentro de mim.

Mas espere. Alguém está vindo na nossa direção, uma figura alta andando pela névoa. Meu coração que bate freneticamente – o único som que consigo ouvir nesse lugar morto, com exceção de minha respiração – reduz um pouco a velocidade. Ajuda. Ajuda por fim.

Só que quando a névoa se parte e eu reconheço o rosto da pessoa à nossa frente, meu coração começa a bater mais alto do que nunca. Porque sei que ele não vai nos ajudar. Sei que não vai fazer nada.

Além de rir.

E então estou sozinha de novo, só que desta vez o piso à minha frente sumiu. As portas desaparecem, e estou cambaleando na borda de um abismo tão fundo que não consigo ver o chão lá embaixo. A névoa redemoinha em volta, derramando-se no abismo e aparentemente querendo me levar junto. Estou balançando os braços para não cair, tentando freneticamente agarrar alguma coisa, qualquer coisa.

Só que não há o que agarrar. Um segundo depois uma mão invisível dá um único empurrão.

E eu caio.

Capítulo 1

—Bem, bem, bem – disse uma voz claramente masculina atrás de mim. – Vejam se não é Suzannah Simon.

Olha, não vou mentir para você. Quando um cara bonito fala comigo (e pela voz do cara dava para saber que ele era um gato; a autoconfiança daquele *bem, bem, bem*, o modo acariciante com que disse meu nome) eu presto atenção. Não posso evitar. Afinal de contas sou uma garota de 16 anos. Minha vida não pode girar inteiramente em volta da última estampa de miniblusa da Lilly Pulitzer's e de qualquer inovação que Bobbi Brown tenha feito no mundo do delineador labial que não sai.

Então vou admitir que, mesmo tendo namorado – ainda que *namorado* seja uma palavra meio otimista para ele – quando me virei para ver o gostosão que estava falando comigo, dei uma leve sacudida no cabelo. Por que não? Quero dizer, considerando todo o produto que passei nele naquela manhã, em homenagem ao primeiro dia da décima primeira série (para não mencionar a névoa marinha que costuma transformar minha cabeça numa confusão encaracolada), meu penteado estava excepcionalmente bom.

Só quando tinha dado uma sacudida na velha juba castanha eu me virei e vi que o gato que tinha dito meu nome não era alguém de quem eu gostasse muito.

De fato você pode dizer que tenho motivos para morrer de medo dele.

Acho que ele pôde ler o medo nos meus olhos – cuidadosamente maquiados naquela manhã com uma combinação nova em folha de sombras chamadas Bruma Café – porque o sorriso que se abriu em seu rosto bonito era ligeiramente torto num dos cantos.

– Suze – disse ele num tom brincalhão. Nem a névoa podia embotar as luzes brilhantes em seu cabelo escuro, encaracolado e revolto. Os dentes eram de um branco ofuscante em contraste com o bronzeado de jogar tênis. – Aqui estou eu, nervoso porque sou novo na escola, e você nem me diz oi? Isso é jeito de tratar um velho amigo?

Continuei a encará-lo, perfeitamente incapaz de falar. A gente não pode falar, claro, quando está com a boca seca como... bem, como o prédio de tijolos à nossa frente.

O que ele estava fazendo aqui? *O que ele estava fazendo aqui?*

O negócio é que eu não podia seguir meu primeiro impulso e sair gritando, fugindo dele. As pessoas tendem a falar quando vêem garotas impecavelmente embonecadas como eu fugir gritando de um gato de 17 anos. Durante todo esse tempo eu tinha conseguido esconder dos colegas de turma o meu talento incomum e não iria escancará-lo agora, mesmo que estivesse – e acredite, eu *estava* – morrendo de medo.

Mas se não podia fugir gritando, certamente podia passar rapidamente por ele sem dizer uma palavra, esperando que ele não reconhecesse o que a pressa realmente era: puro terror.

Não sei se o cara sentiu meu medo ou não. Mas certamente não gostou de eu bancar a indiferente para cima dele. Sua mão se estendeu quando eu tentei passar, e a próxima coisa que eu soube foi que seus dedos estavam enrolados no meu braço como um torno.

Claro que eu poderia ter puxado o braço e lhe dado um soco. Não era à toa que tinha sido chamada de Garota com Mais Probabilidade de Desmembrar Alguém na minha velha escola no Brooklyn, você sabe.

Mas queria começar esse ano com o pé direito – com Bruma Café e minha nova calça capri Club Monaco (com um suéter cor-de-rosa que eu tinha conseguido por uma pechincha na ponta de estoque da Benetton em Pacific Grove) – e não com uma briga. E o que meus amigos e colegas de turma iriam pensar – e eles certamente notariam, já que todos estavam em volta de nós, falando um ocasional "Oi, Suze" e me elogiando pela roupa chiquérrima – se eu começasse a dar socos no aluno novo, feito uma pirada?

E havia o fato inevitável de que eu estava bastante convencida de que, se desse um soco nele, ele poderia tentar me dar um soco de volta.

De algum modo consegui achar minha voz. Só esperava que ele não notasse o quanto eu estava tremendo.

– Solta o meu braço – falei.

– Suze. – Ele ainda estava sorrindo, mas agora parecia ter um conhecimento cheio de malícia. – Qual é o problema? Você não parece muito feliz em me ver.

– Você ainda não soltou meu braço – lembrei-o. Dava para sentir o gelo de seus dedos através da manga de seda; o cara parecia ser totalmente sangue-frio, além de ter uma força sobrenatural.

Ele baixou a mão, dizendo:

– Olha, desculpe, de verdade. Pelo modo como as coisas aconteceram na última vez em que nos encontramos.

Na última vez em que nos encontramos. Instantaneamente fui transportada em pensamento para aquele corredor comprido – o que eu tinha visto freqüentemente nos sonhos. Cheio de portas de cada lado – portas que se abriam para quem-sabe-o-quê. Era como um corredor de hotel ou de um prédio de escritórios... só que aquele corredor não existia em nenhum hotel ou prédio de escritórios conhecidos dos homens. Nem mesmo existia em nossa dimensão atual.

E Paul tinha ficado ali, sabendo que Jesse e eu não tínhamos idéia de como achar a saída, e riu. Só riu, como se fosse uma piada enorme o fato de que, se eu não voltasse logo ao meu universo, morreria, enquanto Jesse ficaria preso para sempre naquele corredor. Eu ainda podia ouvir o riso de Paul ressoando nos ouvidos. Ele tinha continuado gargalhando... até o momento em que Jesse acertou o punho na sua cara.

Eu mal podia acreditar que isso estava acontecendo. Uma perfeita manhã de setembro em Carmel, Califórnia – o que significava, claro, uma densa camada de névoa pairando sobre tudo, mas que logo se desvaneceria para revelar um céu azul sem nuvens e um sol dourado – e eu estava ali parada na passagem coberta entre os prédios da Academia da Missão Junipero Serra, cara a cara com a pessoa que vinha assombrando meus pesadelos havia semanas.

Só que não era um pesadelo. Eu estava acordada. Sabia que estava acordada, porque nunca sonharia com meus amigos Cee Cee e Adam passando enquanto eu confrontava aquele monstro do meu passado, e dizendo "Oi, Suze", como se fosse... bem, como se fosse simplesmente o primeiro dia de volta à escola depois das férias de verão.

– Quer dizer, a parte em que você tentou me matar? – grasnei quando Cee Cee e Adam estavam fora do alcance da audição. Dessa vez soube que Paul ouvira minha voz tremer. Soube porque ele pareceu perturbado – ainda que talvez fosse por causa da acusação. De qualquer modo ele levantou a mão grande e bronzeada e passou pelos cabelos encaracolados.

– Eu nunca tentei matar você, Suze – disse ele, parecendo meio magoado.

Ri. Não pude evitar. Meu coração estava na garganta, mas eu ri mesmo assim.

– Ah. Certo.

– Verdade, Suze. Não foi isso. Eu só... Eu só não sou muito bom perdedor.

Encarei-o. Não importando o que dissesse, ele *tinha* tentado me matar. Mas pior, tinha se esforçado ao máximo para eliminar Jesse, de um modo completamente desleal. E agora estava tentando dizer que era apenas falta de esportividade?

– Não entendo – falei, balançando a cabeça. – O que você perdeu? Você não perdeu nada.

– Não, Suze? – Seu olhar se cravou no meu. Eu tinha ouvido aquela voz repetidamente nos sonhos, rindo de mim enquanto eu lutava para achar a saída de um corredor escuro e cheio de névoa, em cujas extremidades havia um precipício caindo num vácuo negro feito de nada absoluto, sobre o qual, logo antes de acordar, eu cambaleava perigosamente. Era uma voz cheia de significado oculto...

Só que eu não tinha idéia de qual seria esse significado, ou do que ele estava dando a entender. Só sabia que o cara me aterrorizava.

– Suze – disse ele com um sorriso. Sorrindo (e provavelmente zombando também) ele parecia um modelo para cuecas Calvin Klein. E não era só o rosto. Afinal de contas eu o tinha visto com calção de banho.

– Olha, não fique assim – disse ele. – É um novo ano escolar. Não podemos começar de novo?

– Não. – Eu fiquei feliz por minha voz não tremer desta vez. – Não podemos. Na verdade, você... é melhor você ficar longe de mim.

Ele pareceu achar isso tremendamente divertido.

– Ou então o quê? – perguntou, com outro daqueles sorrisos que revelavam todos os dentes brancos e regulares. Um sorriso de político, pensei.

– Ou então você vai se arrepender. – O tremor tinha voltado à minha voz.

– Ah – disse ele, com os olhos escuros se arregalando de terror fingido. – Você vai botar seu namorado atrás de mim?

Esta não era uma coisa com a qual eu brincaria, se fosse ele. Jesse poderia matá-lo – e provavelmente mataria, se descobrisse que o cara tinha voltado. Só que eu não era exatamente namorada de Jesse, por isso não era realmente o serviço dele me proteger de psicopatas como aquele que estava na minha frente.

Pela minha expressão ele deve ter deduzido que nem tudo ia às mil maravilhas na Suze-e-Jesselândia, porque riu e disse:

– Então é assim. Bem, eu nunca achei de verdade que Jesse fosse o seu tipo, sabe? Você precisa de alguém um pouquinho menos...

Ele não teve chance de terminar a frase, porque naquele momento Cee Cee, que estivera seguindo Adam na direção do armário dele – mesmo nós tendo jurado uma à outra na noite anterior, pelo telefone, que não iríamos começar o ano andando atrás dos garotos – voltou para perto nós, com o olhar fixo no sujeito parado tão perto de mim.

– Suze – disse ela educadamente. Diferentemente de mim, Cee Cee tinha passado o verão trabalhando no setor sem fins lucrativos, por isso não tinha um monte de dinheiro para torrar em guarda-roupa e maquiagem de volta à escola. Não que Cee Cee fosse gastar seu dinheiro numa coisa tão frívola como maquiagem. O que era ótimo, já que, sendo albina, ela precisava encomendar toda a maquiagem, não poderia simplesmente ir até o balcão da M.A.C. e torrar a grana como todo mundo.

– Quem é o seu amigo? – perguntou ela.

Eu não ficaria ali parada fazendo apresentações. Na verdade, estava pensando seriamente em ir para a administração e perguntar o que eles estavam pensando, ao admitir um cara assim no que eu já havia considerado uma escola passável.

Mas ele estendeu uma daquelas mãos frias e fortes para Cee Cee e disse com aquele riso que eu já havia considerado franco e agora me enregelava até os ossos.

– Oi, eu sou Paul. Paul Slater. Prazer em conhecê-la.

Paul Slater. Não era realmente o tipo de nome capaz de provocar terror no coração de uma garota, hein? Quero dizer, parecia bastante inócuo. *Oi, eu sou Paul. Paul Slater.* Não havia nada naquela declaração que pudesse ter alertado Cee Cee para a verdade: Paul Slater era doentio, manipulador, e tinha uma pedra de gelo no lugar do coração.

Não, Cee Cee não fazia a mínima. Porque eu não tinha contado, claro. Não tinha contado a ninguém.

Idiota.

Se Cee Cee achou os dedos de Paul um pouquinho frios para seu gosto, não deu a entender.

– Cee Cee Webb – disse ela, enquanto apertava a mão dele com o seu jeito tipicamente profissional. – Você deve ser novo aqui, porque nunca o vi antes.

Paul piscou, chamando atenção para os cílios, que eram realmente compridos para um cara. Quase pareciam pesados nas pálpebras, como se fossem difíceis de levantar. Meu meio-irmão Jake tem cílios mais ou menos parecidos, só que nele isso faz parecer que está com sono. Em Paul tinha mais um efeito do tipo gostosão astro de rock. Olhei preocupada para Cee Cee. Ela era uma das pessoas mais sensatas que eu já havia conhecido, mas será que alguma de nós realmente é imune ao tipo gostosão astro de rock?

– É o meu primeiro dia – disse Paul com outro riso daqueles. – Sorte minha, já conheço a Srta. Simon aqui.

– Que fortuito! – disse Cee Cee (que como editora do jornal da escola gostava de palavras difíceis) com as sobrancelhas branco-louras ligeiramente levantadas. – Você era da escola antiga da Suze?

– Não – falei depressa. – Não. Olha, é melhor a gente ir para a sala, se não acaba arranjando encrenca...

Mas Paul não estava preocupado com a hipótese de arranjar encrenca. Provavelmente porque estava acostumado com isso.

– Suze e eu tivemos um caso no verão passado – informou ele a Cee Cee, cujos olhos púrpura se arregalaram por trás dos óculos diante dessa informação.

– Um *caso*?

– Não houve caso nenhum – garanti às pressas. – Acredite. Caso nenhum.

Os olhos de Cee Cee ficaram ainda mais arregalados. Estava claro que não acreditava. Bom, por que acreditaria? Eu era sua melhor amiga, verdade. Mas será que eu já tinha sido completamente honesta com ela? Não. E ela claramente sabia.

– Ah, então vocês terminaram? – perguntou objetivamente.

– Não, nós não terminamos – disse Paul, com outro daqueles sorrisos cheios de segredos, de quem sabe das coisas.

Porque nós nunca estivemos juntos, eu quis gritar. Você acha que eu sairia com *ele*? Ele não é o que você acha, Cee Cee. Ele *parece* humano, mas por baixo dessa fachada de garanhão ele é um... um...

Bem, eu não sabia o quê Paul era exatamente.

Mas o que isso me tornava? Paul e eu tínhamos muito mais em comum do que eu me sentia confortável em admitir, até para mim mesma.

Ainda que eu tivesse tido coragem para dizer alguma coisa desse tipo na frente dele, não tive chance, porque de repente soou uma voz séria:

– Srta. Simon! Srta. Webb! As madames não têm uma aula?

A irmã Ernestine – que três meses de ausência da minha vida não haviam deixado menos intimidante, com seu peito enorme e o crucifixo ainda maior adornando-o – partiu para cima de nós, com as amplas mangas pretas de seu hábito adejando como asas.

– Vão andando – falou para nós, balançando as mãos na direção dos armários montados nas paredes de adobe ao longo do pátio lindamente cuidado da missão. – Vocês vão se atrasar para a primeira aula.

Fomos... mas infelizmente Paul veio logo atrás.

– Suze e eu nos conhecemos há muito tempo – estava dizendo ele a Cee Cee, enquanto seguíamos pelo corredor coberto até meu armário. – Nós nos conhecemos no Pebble Beach Hotel and Golf Resort.

Eu só pude olhá-lo, enquanto girava a combinação do cofre. Não podia acreditar que isso estivesse acontecendo. Não podia mesmo. O que Paul estava fazendo aqui? O que Paul estava fazendo se matriculando na minha escola, transformando meu mundo – do qual eu tinha pensado que o havia afastado para sempre – num pesadelo da vida real?

Não queria saber. Quaisquer que fossem seus motivos para voltar, eu não queria saber. Só queria me afastar dele, ir para a aula, para qualquer lugar, qualquer um...

...desde que longe dele.

– Bem – falei, fechando com força a porta do armário. Mal sabia o que estava fazendo. Tinha enfiado a mão dentro e apanhado às cegas os primeiros livros em que meus dedos tocaram. – Tenho de ir.

Ele olhou os livros nos meus braços, os que eu estava segurando quase como um escudo, como se fossem me proteger do que quer que fosse (e tive certeza de que havia alguma coisa) que ele guardava para mim. Para nós.

– Você não vai achar aí – disse Paul com um movimento cifrado de cabeça para os livros nos meus braços.

Eu não sabia do que ele estava falando. Não *queria* saber. Só sabia que queria sair dali, e depressa. Cee Cee continuou ao meu lado, olhando perplexa do meu rosto para o de Paul. A qualquer segundo, eu sabia, ela começaria a fazer perguntas, perguntas às quais eu não ousava responder... porque ela não acreditaria, mesmo que eu tentasse.

Mesmo assim, mesmo não querendo, ouvi-me perguntando, como se as palavras fossem arrancadas involuntariamente dos lábios:

– Não vou achar o quê aqui?

– As respostas que você está procurando. – A expressão nos olhos azuis de Paul era intensa. – O motivo pelo qual você, logo você, foi escolhida. E o quê, exatamente, você é.

Dessa vez eu não tinha de perguntar o que ele queria dizer. Sabia. Sabia como se ele tivesse dito as palavras em voz alta. Paul estava falando do dom que nós dois compartilhávamos, do qual ele parecia ter um controle tão melhor do que eu – e do qual parecia ter um conhecimento tão superior.

Enquanto Cee Cee ficava ali parada, olhando nós dois como se estivéssemos conversando numa língua estranha, Paul continuou com sua fala macia:

– Quando estiver pronta para ouvir a verdade sobre o que você é, vai saber onde me encontrar. Porque eu vou estar aqui mesmo.

E então ele se afastou, aparentemente não percebendo todos os olhares femininos que atraía de minhas colegas, enquanto se movia com uma graça de pantera pela passagem coberta.

Com os olhos violeta ainda arregalados por trás dos óculos, Cee Cee me espiou, interrogativamente.

– O que esse cara estava falando? E quem, afinal de contas, é *Jesse*?

Capítulo 2

Eu não podia contar, claro. Não podia contar a ninguém sobre Jesse, porque, francamente, quem acreditaria? Eu só conhecia uma pessoa – uma pessoa viva, pelo menos – que sabia toda a verdade sobre gente como Paul e eu, e isso somente porque ele era como nós. Sentada diante de sua escrivaninha de mogno pouco mais tarde, não consegui evitar um gemido.

– Como isso pode ter acontecido? – perguntei.

O padre Dominic, diretor da Academia da Missão Junipero Serra, estava sentado atrás de sua mesa gigantesca, parecendo paciente. Era uma expressão que caía bem no bom padre que, segundo os boatos, ficava mais bonito a cada ano. Com quase 65, era um Adônis de cabelos brancos e óculos.

E também estava muito pesaroso.

– Suzannah, sinto muito. Eu estive tão preocupado com os preparativos para o novo ano escolar, para não mencionar a festa do padre Serra no próximo fim de semana, que não olhei as listas de matrícula. – Ele balançou a cabeça branca com cabelos bem cortados. – Sinto muito, muito mesmo.

Fiz uma careta. Ele sentia muito. *Ele* sentia muito? E *eu*? Não era *ele* que tinha de estar nas mesmas salas que Paul Slater. Duas salas, na verdade: a de reuniões e a de história americana. Durante duas horas inteiras por dia eu teria de ficar ali sentada e olhar o cara que tinha tentado acabar com meu namorado e me deixar morta. E eu nem estava contando a chegada de manhã e o almoço. Era outra hora, sem dúvida!

– Apesar de não saber honestamente o que poderia ter feito para impedir que ele fosse matriculado – disse o padre Dom, folheando a ficha de Paul. – As notas, as avaliações dos professores... tudo é exemplar. Lamento dizer que, no papel, Paul Slater é um estudante muito melhor do que você quando se matriculou nesta escola.

– Não se pode dizer nada sobre a moral de uma pessoa a partir de um punhado de provas de escola. – Eu me sentia meio defensiva com esse assunto, já que minhas notas eram suficientemente medíocres para eu ser recusada pela Academia da Missão há oito meses, quando minha mãe anunciou que iríamos nos mudar para a Califórnia de modo que ela pudesse se casar com Andy Ackerman, o homem de seus sonhos, agora meu padrasto.

– Não – disse o padre Dominic, tirando os óculos com um gesto cansado e limpando-os na batina preta e comprida. Notei sombras roxas sob seus olhos. – Não, não se pode – concordou ele com um suspiro profundo, recolocando a armação de metal sobre o nariz perfeitamente aquilino. – Suzannah, você tem realmente certeza de que os motivos desse rapaz são tão pouco nobres? Talvez Paul esteja procurando orientação. É possível que, com a influência correta, ele possa ver os erros que tem cometido...

– É, padre Dom – falei com sarcasmo. – E talvez este ano eu seja eleita Rainha do Baile.

O padre Dominic não pareceu aprovar. Diferentemente de mim, o padre Dominic sempre tendia a pensar o melhor sobre as pessoas, pelo menos até o comportamento delas provar que sua suposição sobre sua bondade inerente estivesse errada. Era de imaginar que, no caso de Paul Slater, ele já tivesse visto o bastante para formar uma base sólida de julgamento sobre o cara, mas aparentemente não.

– Vou presumir, até termos visto algo que prove o contrário – disse o padre D. – que Paul esteja aqui na Academia da Missão porque quer aprender. Não somente o currículo normal da décima-primeira série, Suzannah, mas também o que você e eu temos a lhe ensinar. Vamos esperar que Paul esteja arrependido dos atos do passado e realmente deseje se emendar. Creio que Paul está aqui para um recomeço, como você no ano passado, se é que se recorda. E é nosso dever, como seres humanos caridosos, ajudá-lo a fazer isso. Até que sejamos convencidos do contrário, devemos dar ao Paul o benefício da dúvida.

Achei aquilo o pior plano que já tinha escutado na vida. Mas a verdade é que não tinha qualquer prova de que Paul estava ali para causar problema. Pelo menos ainda não.

– Bom – disse o padre D., fechando a pasta de Paul e se recostando na cadeira. – Eu não vejo você há algumas semanas. Como vai, Suzannah? E como vai o Jesse?

Senti o rosto esquentar. As coisas estavam feias, quando a simples menção ao nome de Jesse podia me deixar ruborizada, mas era assim que a coisa estava.

– Hmm – falei, esperando que o padre D. não notasse minhas bochechas em chamas. – Bem.

– Ótimo – disse o padre Dom, empurrando os óculos para cima no nariz e olhando para sua estante, distraidamente. – Há um livro que ele disse que queria pegar emprestado... Ah, sim, aqui está. – O padre Dom pôs nos meus braços um gigantesco livro encadernado em couro (que devia pesar pelo menos uns cinco quilos). – *Teoria crítica desde Platão* – disse com um sorriso. – Jesse deve gostar disso.

Eu não duvidava. Jesse gostava de alguns dos livros mais chatos que a humanidade conhecia. Talvez fosse por isso que não estava reagindo a mim. Quero dizer, não do modo como eu queria. Porque eu não era suficientemente chata.

– Muito bem – disse o padre D. distraidamente. Dava para ver que ele estava com muita coisa na cabeça. As visitas do arcebispo sempre o deixavam nervoso, e essa, para a festa do padre Serra (que várias organizações vinham tentando sem sucesso tornar um santo) seria um pé no saco particularmente grande, pelo que eu podia ver.

– Só vamos ficar de olho no nosso jovem amigo, o Sr. Slater – continuou o padre Dom – e ver como as coisas andam. Pode ser que ele se acomode, Suzannah, num ambiente estruturado como o que oferecemos aqui na academia.

Funguei. Não pude evitar. O padre D. realmente não tinha idéia do que estava enfrentando.

– E se isso não acontecer? – perguntei.

– Bem, vamos atravessar essa ponte quando, e se, necessário. Agora vá. Você não quer desperdiçar toda a sua hora de almoço aqui comigo.

Relutante, deixei a sala do diretor, levando o velho tomo cheio de poeira que ele tinha me dado. A névoa da manhã tinha se dispersado, como sempre acontecia por volta das onze horas, e agora o céu era de um azul brilhante. No pátio, beija-flores trabalhavam nos hibiscos. A fonte, rodeada por meia dúzia de turistas de bermuda (a missão, além de uma escola, também era um marco histórico e possuía uma basílica e até mesmo uma loja de presentes que figuravam como pontos importantes em qualquer programação de ônibus de turismo) borbulhava ruidosamente. As copas das palmeiras, de um verde profundo, oscilavam preguiçosas no alto, à brisa suave do mar. Era outro dia estupendo em Carmel.

Então por que eu me sentia tão péssima?

Tentei dizer a mim mesma que estava reagindo com exagero. Que o padre Dom estava certo – nós não sabíamos quais eram os motivos de Paul para vir a Carmel. Talvez ele realmente tivesse virado uma nova página.

Então por que eu não conseguia tirar da cabeça aquela imagem – a imagem dos meus pesadelos? O corredor comprido e escuro e eu correndo por ele, procurando desesperadamente uma saída, achando apenas névoa. Era um sonho que eu tinha uma vez em cada noite, e do qual nunca deixava de acordar suando.

Sinceramente, não sei o que era mais apavorante: o pesadelo ou o que estava acontecendo agora, acordada. O que Paul estava fazendo aqui? Ainda mais perturbador: como é que Paul parecia saber tanto sobre o talento que nós dois compartilhávamos? Não existe nenhuma publicação especializada. Não existem conferências e seminários. Quando você põe a palavra *mediador* em qualquer mecanismo de busca na Internet, só recebe coisas sobre advogados e conselheiros de família. Hoje em dia eu continuo praticamente tão sem pistas como quando era pequena e só sabia que era... bem, diferente das outras crianças da vizinhança.

Mas Paul... Paul parecia achar que tinha algum tipo de resposta.

Entretanto, o que ele poderia fazer a respeito? Nem mesmo o padre Dominic afirmava saber exatamente o que os mediadores – por falta de uma palavra melhor – eram, de onde tínhamos vindo e exatamente qual era a extensão de nossos talentos... e ele era mais velho do que nós dois juntos! Claro, nós podemos ver e falar com os mortos – e até beijá-los e dar socos neles. Ou melhor, com o espírito daqueles que morreram deixando coisas inacabadas, algo que descobri aos seis anos, quando meu pai, que faleceu de um súbito ataque cardíaco, voltou para um pequeno papo pós-enterro.

Mas era isso? Quer dizer, era só disso que os mediadores eram capazes? Segundo Paul, não.

Apesar das garantias do padre Dominic, de que Paul provavelmente tinha boa intenção, eu não podia ter tanta certeza. Pessoas como Paul não agiam sem bons motivos. Então o que ele estava fazendo em Carmel? Poderia ser apenas que, agora que descobrira o padre Dom e eu, desejasse um relacionamento por alguma vontade de estar com gente do mesmo tipo?

Era possível. Claro, é igualmente possível que Jesse realmente me ame e que só esteja fingindo que não, já que um relacionamento romântico entre nós dois realmente não poderia ser um negócio muito certo...

É. E talvez eu *seja* indicada para Rainha do Baile, como venho desejando...

Ainda estava tentando não pensar nisso durante o almoço – no negócio do Paul, nem no negócio de Rainha do Baile – quando, espremida num banco do lado de fora entre Adam e Cee Cee, eu puxei a argola de uma lata de refrigerante *diet* e quase engasguei com o primeiro gole depois de Cee Cee falar:

– E aí, desembucha. Quem é esse tal de Jesse? Dessa vez, por favor, responda.

Foi refrigerante para tudo que é canto, principalmente pelo meu nariz. Parte caiu no meu suéter Benetton.

Cee Cee não foi nem um pouco solidária.

– É *diet* – disse ela. – Não vai manchar. Então, por que a gente não conheceu o cara?

– É – disse Adam, superando a diversão inicial por ver refrigerante saindo por minhas narinas. – E como é que esse tal de Paul conhece o cara e a gente não?

Enxugando-me com um guardanapo, olhei na direção de Paul. Ele estava sentado num banco não muito longe, rodeado por Kelly Prescott e outras pessoas populares de nossa turma, todos gargalhando de alguma história que ele tinha acabado de contar.

– Jesse é só um carinha – falei, porque tive a sensação de que não conseguiria me livrar das perguntas. Não desta vez.

– Só um carinha – repetiu Cee Cee. – Só um carinha que aparentemente você está namorando, segundo esse tal de Paul.

– Bem – falei, desconfortável. – É, acho que estou. Mais ou menos. Quero dizer... é complicado.

Complicado? Meu relacionamento com Jesse fazia a *Teoria crítica desde Platão* parecer *O cãozinho travesso*.

– Então – disse Cee Cee, cruzando as pernas e mordiscando contente umas cenourinhas de um saco em seu colo. – Conte. Onde vocês se conheceram?

Eu não podia acreditar que estava ali sentada, falando de Jesse com meus amigos. Meus amigos, que eu tanto havia me esforçado para manter no escuro com relação a ele.

– Ele... é... ele mora no meu bairro – falei. Não havia sentido em contar a verdade absoluta.

— Ele estuda na RLS? — quis saber Adam, referindo-se à escola Robert Louis Stevenson e passando a mão por cima de mim para pegar uma cenourinha de Cee Cee.

— Hmm... Não exatamente.

— Não diga que ele estuda na Carmel. — Os olhos de Cee Cee ficaram arregalados.

— Ele não está mais na escola — falei, já que eu sabia que, dada a natureza de Cee Cee, ela nunca descansaria enquanto não soubesse tudo. — Ele... é... já se formou.

— Uau! — disse Cee Cee. — Um homem mais velho. Bem, não é de espantar que você esteja mantendo em segredo. Então ele faz o quê? Faculdade?

— Na verdade, não. Ele... é... está dando um tempo. Meio que para... se encontrar.

— Hmpf. — Adam se recostou no banco e fechou os olhos, deixando o sol forte do meio-dia acariciar seu rosto. — Um preguiçoso. Você poderia conseguir coisa melhor, Suze. Você precisa é de um cara com uma ética profissional boa e sólida. Um cara como... Ei, eu sei: eu!

Cee Cee, que estava de olho em Adam desde que eu conhecia os dois, o ignorou.

— Há quanto tempo vocês estão namorando? — perguntou.

— Não sei. — Agora eu estava me sentindo péssima. — Tudo é meio novo. Quero dizer, eu o conheço há um tempo, mas o negócio do namoro... é novo. E não é realmente... Bem, eu não gosto de falar disso.

— De quê? — Uma sombra pairou sobre nosso banco. Franzindo a vista, levantei os olhos e vi David, meu meio-irmão, ali parado, com o cabelo ruivo brilhando como um halo ao sol quente.

— Nada — falei depressa.

Dentre todo mundo na minha família — e sim, eu pensava nos Ackerman, meu padrasto e os filhos dele, como parte de minha família, a pequena família que antigamente era formada apenas por mim e mamãe, depois da morte de meu pai — David, de 13 anos, era o mais próximo de saber a verdade a meu respeito. Isto é, que eu não era apenas a adolescente meio descontente que fingia ser.

E mais, David sabia sobre Jesse. Sabia, e no entanto não sabia. Porque ainda que ele, como todo mundo em casa, tivesse notado minhas súbitas mudanças de humor e a ausência misteriosa da sala íntima da família todas as noites, nem podia imaginar o que havia por trás de tudo.

Agora estava na frente do nosso banco (o que era bastante ousado, já que os caras do segundo grau não tendiam a aceitar tranqüilamente que gente da oitava série como David viesse ao que eles consideravam o seu lado do pátio) tentando parecer que aquele era o seu lugar, o que, considerando seu corpo de cinqüenta quilos, o aparelho nos dentes e as orelhas de abano, não poderia estar mais longe da verdade.

— Você viu isso? — perguntou ele, enfiando um pedaço de papel debaixo do meu nariz.

Peguei o papel. Por acaso era um folheto anunciando uma festa na piscina da Pine Crest Road, 99, na próxima noite de sexta-feira. Os convidados deveriam levar roupa de banho, se quisessem ter um pouco de diversão "quente e borbulhante". Ou se optassem por não levar roupa de banho, tudo bem, particularmente se fossem do sexo feminino.

Havia no folheto um desenho grosseiro de uma garota bêbada e com peitos grandes, tomando cerveja em lata.

– Não, você não pode ir – falei, devolvendo o folheto a David, com uma fungada. – Você é muito novo. E alguém deveria mostrar isso ao orientador da sua turma. O pessoal da oitava série não deveria fazer festas assim.

Cee Cee, que tinha apanhado o folheto com David, falou:

– Ei, Suze.

– Sério – continuei. – E estou surpresa com você, David. Achei que era mais esperto. Nada de bom acontece nessas festas. Claro, algumas pessoas se divertem. Mas aposto dez contra um que alguém vai levar socos na barriga ou bater a cabeça em alguma coisa. É sempre divertido até alguém se machucar.

– Suze. – Cee Cee pôs o folheto na frente da minha cara, a centímetros do meu nariz. – Pine Crest Road, 99. É a sua casa, não é?

Arranquei o folheto da mão dela, boquiaberta.

– David! Em que você estava pensando?

– Não fui eu – exclamou David, com a voz esganiçada subindo mais duas ou três oitavas. – Me mostraram na aula de estudos sociais. Brad estava distribuindo. Uns caras da sétima série pegaram, até...

Virei os olhos na direção de meu meio-irmão Brad. Ele estava encostado no mastro de basquete, tentando parecer maneiro, o que era bem difícil para um cara cujo córtex cerebral era coberto, pelo que eu sabia, por WD-40.

— Com licença — falei me levantando. — Tenho de ir cometer um assassinato. — Então fui até a quadra de basquete, com o folheto laranja na mão.

Brad me viu chegando. Notei o ar de puro pânico que passou por suas feições quando seu olhar pousou no que havia na minha mão. Ele se empertigou e tentou correr, mas eu fui mais rápida. Acuei-o perto do bebedouro e levantei o folheto para que ele visse.

— Você realmente acha — perguntei casualmente — que mamãe e papai vão deixar você fazer essa... essa... essa sei lá o quê?

O pânico no rosto de Brad tinha se transformado em desafio. Ele esticou o queixo e falou:

— Bem, é... o que eles não souberem não vai causar mal.

— Brad. — Algumas vezes eu sentia pena dele. Sentia mesmo. O cara era um otário completo. — Você não acha que eles vão notar quando olharem pela janela do quarto e virem um punhado de garotas nuas na piscina nova?

— Não. Porque eles não vão estar em casa na sexta à noite. Papai tem aquela palestra em São Francisco e sua mãe vai com ele, lembra?

Não, eu não lembrava. De fato eu me perguntei se ao menos tinham me dito. Ultimamente eu vinha passando muito tempo no quarto, verdade, mas tanto a ponto de não saber de uma coisa importante como meus pais estarem fora durante uma noite inteira? Achava que não...

– E é melhor você não contar – disse Brad com um veneno inesperado. – Ou vai se arrepender.

Olhei-o como se ele fosse pirado.

– *Eu* vou me arrepender? – falei rindo. – Hmm, desculpe, Brad, mas se seu pai descobrir sobre essa festa que você está planejando, *você* é que vai ficar de castigo pelo resto da vida, não eu.

– De jeito nenhum – disse Brad. O olhar de desafio tinha sido substituído por outro ainda menos atraente, quase de corrupção. – Porque se você ao menos pensar em dizer alguma coisa, eu conto sobre o cara que você deixa entrar no seu quarto toda noite.

Capítulo 3

Detenção.

É o que você pega na Academia da Missão Junipero Serra quando banca a otária e dá um soco no seu meio-irmão no pátio e por acaso um professor vê.

– Não entendo o que deu em você, Suze – disse a Sra. Elkins, que, além de dar aula de biologia para a nona e a décima séries, também era encarregada de ficar depois da aula com os delinqüentes juvenis como eu. – E logo no primeiro dia de aula. É assim que você quer começar o novo ano?

Mas a Sra. Elkins não entendia. E eu não podia exatamente lhe contar. Quero dizer, como ia contar que de repente tudo tinha ficado demais? Que a descoberta de que meu meio-irmão sabia de uma coisa que eu tinha lutado para esconder do resto da família durante meses (além de descobrir que um monstro dos meus sonhos estava atualmente percorrendo os corredores da minha escola disfarçado de gato elegante) tinha feito com que eu me derretesse como um batom Maybelline deixado ao sol?

Não podia contar. Apenas recebi o castigo em silêncio, olhando os minutos do relógio se arrastarem lentamente. Nem eu nem os outros prisioneiros seríamos libertados antes das quatro horas.

– Espero que você tenha aprendido uma lição, Suze – disse a Sra. Elkins quando essa hora finalmente chegou. – Você não está sendo um bom exemplo para as crianças menores, está, brigando na escola desse jeito?

Eu? Eu não estava sendo um bom exemplo? E Brad? Era Brad que estava planejando ter sua Oktoberfest pessoal na nossa sala. E no entanto Brad me tinha na palma da mão. E sabia disso.

– É – tinha dito ele na hora do almoço, quando fiquei ali parada olhando-o numa perplexidade absoluta, incapaz de acreditar no que ouvi. – Você se acha tão esperta, não é, deixando o cara entrar no seu quarto toda noite, não é? E como é que ele entra? Por aquela sua janela em cima do telhado da varanda? Bem, acho que o segredinho acabou, não é? Então fique quieta com relação à minha festa, e eu fico quieto sobre esse tal de Jesse.

Fiquei tão pasma com a notícia de que Brad podia ouvir – de que tinha ouvido – Jesse, que durante vários minutos não pude formular uma frase coerente, tempo em que Brad trocou cumprimentos com vários membros de seu grupo que vieram dar um tapa na sua mão e dizer coisas como: "Cara! Festa na piscina. Eu já estou lá!"

Finalmente consegui destravar o maxilar e perguntei:
— Ah, é? Bom, e o Jake? Quero dizer, Jake não vai deixar você ficar com um punhado de seus amigos para farrear.

Brad só me olhou como se eu fosse doida.

— Está brincando? Quem você acha que vai dar a cerveja? Jake vai roubar um barril onde ele trabalha.

Estreitei os olhos para ele.

— *Jake?* Jake vai pegar cerveja para *você*? De jeito nenhum. Ele nunca... — Então a compreensão baixou. — Quanto você vai pagar a ele?

— Cem pratas. Exatamente metade do que falta para aquele Camaro que ele está querendo.

Havia pouca coisa que Jake não faria para pôr as mãos num Camaro que fosse seu, eu tinha plena consciência disso.

Sem saída, encarei-o mais um pouco.

— E David? — perguntei finalmente. — David vai contar.

— Não vai — disse Brad cheio de confiança. — Porque se contar eu chuto a bunda magra dele daqui até o Alasca. E é melhor você não tentar defendê-lo, senão sua mãe vai ganhar uma bela fatia de torta de Jesse.

Foi então que eu o acertei. Não pude evitar. Foi como se meu punho tivesse mente própria. Num minuto estava do meu lado, no outro afundando na barriga de Brad.

A luta acabou num segundo. Meio segundo. O Sr. Gillarte, o novo treinador de atletismo, nos separou antes que Brad tivesse chance de me dar um soco também.

— Para longe — ordenou ele me empurrando, enquanto se curvava para cuidar de Brad que ofegava freneticamente.

Então eu saí dali. Direto para o padre D., que estava parado no pátio, supervisionando a colocação dos fios de luzinhas em volta do tronco de uma palmeira.

– O que eu posso lhe dizer, Suzannah? – disse ele, parecendo exasperado quando terminei de explicar a situação. – Algumas pessoas são mais perceptivas do que outras.

– É, mas o *Brad*? – Eu tinha de manter a voz baixa porque havia alguns jardineiros por perto, todos ajudando a montar os enfeites da festa do padre Serra que ia acontecer no sábado, o dia seguinte à bacanal na piscina do Brad.

– Bem, Suzannah. Você não poderia esperar que Brad guardasse segredo para sempre. Sua família acabaria descobrindo.

Talvez. O que eu não podia avaliar era como Brad, logo ele, sabia sobre Jesse quando alguns dos membros mais inteligentes de minha família – como Andy, por exemplo, ou mamãe – não faziam a mínima idéia.

Por outro lado, Max, o cachorro da família, sempre soube do Jesse – nem chegava perto do meu quarto por causa dele. E num nível intelectual, Brad e Max tinham muito em comum... ainda que Max fosse um pouquinho mais inteligente, claro.

– Espero sinceramente – disse a Sra. Elkins, quando finalmente soltou a mim e meus colegas prisioneiros – não ver você aqui de novo este ano, Suze.

– Eu também, Sra. E. – respondi, pegando minhas coisas. Depois dei no pé.

Lá fora era uma tarde clara e quente de setembro no norte da Califórnia, o que significava que o sol era ofuscante, o céu tão azul que doía, e à distância dava para ver a espuma branca do Pacífico se enrolando na praia de Carmel. Eu tinha perdido todas as caronas possíveis para casa (Adam, que ainda era ansioso para levar todo mundo a qualquer lugar com seu fusca verde esportivo, e, claro, Brad, que tinha herdado o Land Rover de Jake, que agora tinha um velho Honda Civic, mas só até obter o carro de seus sonhos) e eram mais de três quilômetros de caminhada até a Pine Crest Road, 99. Quase tudo morro acima.

Eu tinha chegado ao portão da escola quando meu cavaleiro de armadura brilhante apareceu. Pelo menos foi o que imaginei que ele se achava. Mas não estava num palafrém branco. Dirigia um conversível BMW prateado, com a capota convenientemente baixada. Era o que parecia.

– Entre – disse ele, enquanto eu estava parada na frente da missão, esperando o sinal de trânsito mudar para atravessar a estrada. – Entre. Eu lhe dou uma carona.

– Não, obrigada – falei tranqüilamente. – Prefiro andar.

– Suze. – Paul parecia entediado. – Entre no carro.

– Não. – Veja bem, eu tinha aprendido minha lição, pelo menos no quesito "entrar em carros de caras que tinham tentado me matar". E isso não iria acontecer de novo. Especialmente com Paul, que não somente havia tentado me matar uma vez, mas que tinha me apavorado tanto ao fazer isso que eu revivia continuamente o incidente nos sonhos. – Eu já disse. Vou andar.

Paul balançou a cabeça, rindo consigo mesmo.

– Realmente você é uma figura – disse ele.

– Obrigada. – O sinal mudou, e eu comecei a atravessar o cruzamento. Eu conhecia bem o lugar. Não precisava de ajuda.

Mas foi exatamente o que obtive. Paul dirigiu o carro ao meu lado, na alucinante velocidade de três quilômetros por hora.

– Você vai me acompanhar até em casa? – perguntei enquanto começávamos a subir a ladeira que dava nome às Colinas de Carmel. Era uma coisa boa o fato de essa rua em particular não ter tráfego pesado às quatro da tarde, caso contrário Paul poderia simplesmente ter enlouquecido alguns dos meus vizinhos, engarrafando o único caminho para a civilização, dirigindo daquela maneira.

– Vou. Isto é, a não ser que você pare de bancar a teimosa e entre no carro.

– Não, obrigada – falei de novo.

Continuei andando. Fazia calor. Eu estava começando a me sentir meio úmida com o suéter. Mas de jeito nenhum ia entrar no carro daquele cara. Fui andando pela calçada, com cuidado para evitar qualquer planta que se parecesse com meu inimigo mais mortal (pelo menos antes de Paul ter aparecido), o sumagre-venenoso, e xinguei em silêncio a *Teoria crítica desde Platão*, que parecia estar ficando mais pesada nos meus braços a cada passo.

– Você está errada em não confiar em mim – observou Paul enquanto ia subindo o morro ao meu lado em seu serpentomóvel prateado. – Nós dois somos iguais, você sabe.

– Sinceramente espero que não seja verdade – falei. Contra alguns inimigos a educação podia ser uma dissuasão tão forte quanto um punho. Não estou brincando. Experimente um dia desses.

– Desculpe desapontá-la – disse Paul. – Mas é. O que o padre Dominic lhe disse? Para não ficar sozinha comigo? Para não acreditar numa palavra do que eu digo?

– De jeito nenhum – falei no mesmo tom distante. – O padre Dominic acha que eu deveria lhe dar o benefício da dúvida.

Por trás de seu volante forrado de couro, Paul pareceu surpreso.

– Verdade? Ele disse isso?

– Ah, disse – falei, notando um lindo amontoado de botões-de-ouro crescendo na borda da rua e desviando-me cuidadosamente para o caso de eles estarem escondendo algum ramo perigoso de sumagre-venenoso. – O padre Dominic acha que você está aqui porque quer se ligar com os únicos outros mediadores que conhece. Ele acha que nosso dever como seres humanos caridosos é deixar que você se emende e ajudá-lo pelo caminho do que é certo.

– Mas você não concorda com ele? – Paul estava me olhando atentamente. Bem, e por que não olharia? Considerando como estava indo devagar, não precisaria ficar de olho na rua nem nada.

– Olha – falei, desejando ter uma faixa ou alguma coisa para prender o cabelo. Ele estava começando a grudar na nuca. O prendedor de cabelo, de tartaruga, que eu tinha posto de manhã, tinha desaparecido misteriosamente. – O padre Dominic é a melhor pessoa que eu já conheci. Só vive para ajudar os outros. Ele acredita genuinamente que os seres humanos são bons por natureza e que, se forem tratados assim, vão reagir de acordo.

– Mas, pelo que estou vendo, você não concorda, não é?

– Eu acho que nós dois sabemos que o padre Dom está vivendo num mundo de sonho. – Olhei direto em frente enquanto subia o morro, esperando que Paul não adivinhasse que o coração batendo forte não tinha nada a ver com o exercício, e tudo com sua presença. – Mas porque não quero frustrar o cara, vou manter comigo mesma minha opinião pessoal, de que você é um psicopata manipulador.

– Psicopata? – Paul pareceu deliciado ao ser descrito desse modo... mais uma prova de que ele era exatamente o que eu achava. – Gosto da palavra. Eu já fui chamado de um monte de coisas, mas nunca de psicopata.

– Não foi um elogio – esclareci, já que ele parecia estar entendendo assim.

– Eu sei. É isso que torna a coisa tão divertida. Você é uma garota incrível, sabe?

– Tá, tá – falei irritada. Eu nem conseguia insultar o sujeito. – Só diga uma coisa.

– O quê?

– Naquela noite em que nós nos encontramos... – apontei para o céu – ...você sabe, lá em cima.

Ele assentiu.

— Sei. O que é que tem?

— Como você chegou lá? Quero dizer, ninguém exorcizou você, certo?

Paul sorriu. Para minha perplexidade vi que eu tinha feito a pergunta que ele mais queria ouvir.

— Não, ninguém me exorcizou. E você não precisava de que ninguém a exorcizasse também.

Isso quase me derrubou. Parei de repente.

— Você está dizendo que eu simplesmente posso sair andando lá por cima sempre que quiser? — perguntei, realmente pasma.

— Há muita coisa que você pode fazer e ainda não sabe, Suze — disse Paul, ainda rindo preguiçosamente. — Coisas com as quais você nunca sonhou. Coisas que eu posso mostrar.

O tom sedoso de sua voz não me enganou. Paul era charmoso, era verdade, mas também era mortal.

— É — falei, rezando para que ele não pudesse ver como meu coração estava batendo rápido através de toda aquela seda cor-de-rosa. — Tenho certeza de que sim.

— Sério, Suze. O padre Dominic é um cara fantástico. Não estou negando. Mas não passa de um mediador. Você é um pouquinho mais do que isso.

— Sei. — Encolhi os ombros e comecei a andar de novo. Tínhamos chegado finalmente ao topo do morro, e eu entrei na sombra de alguns pinheiros gigantes dos lados da rua. Meu alívio por finalmente estar fora do calor era palpável. Só queria me livrar de Paul com a mesma facilidade. – Então durante toda a minha vida as pessoas disseram que eu sou uma coisa, e de repente você aparece e diz que eu sou outra, e eu deveria simplesmente acreditar?

– Sim.

– Porque você é tão digno de confiança! – zombei, parecendo um pouquinho mais segura do que me sentia.

– Porque eu sou tudo que você tem – corrigiu ele.

– Bom, isso não é grande coisa, é? – Olhei-o irritada. – Ou será que preciso observar que, na última vez em que vi você, você me deixou perdida no inferno?

– Não era o inferno – disse Paul, com outra de suas viradas características de olhos. – E você acabou achando a saída.

– E o Jesse? – Meu coração estava batendo mais forte do que nunca, porque isso, claro, era o que realmente importava. Não o que ele tinha feito ou tentado fazer comigo, mas o que tinha feito com Jesse... o que eu morria de medo de que ele tentasse fazer de novo.

– Eu pedi desculpas por aquilo. – Paul pareceu irritado. – Além do mais, tudo acabou bem, não foi? É como eu disse, Suze. Você é muito mais poderosa do que imagina. Só precisa de alguém para mostrar seu verdadeiro potencial. Você precisa de um mentor – um mentor de verdade, e não de um padre de sessenta anos que considera o padre Junipero Não-sei-das-quantas o princípio e o fim do universo.

– Certo. E imagino que você se acha o sujeito certo para bancar o Sr. Miyagi para o meu Karatê Kid.

– Algo do tipo.

Estávamos virando a esquina para o número 99 da Pine Crest Road, empoleirado num morro que dava para o vale de Carmel. Meu quarto, na frente da casa, tinha vista para o oceano. À noite a névoa soprava do mar, e quase dava para vê-la caindo em fiapos sobre o peitoril se eu deixasse a janela aberta. Era uma bela casa, uma das mais antigas de Carmel, que já tinha sido uma pensão por volta de 1850. Nem tinha reputação de ser assombrada.

– O que diz, Suze? – Paul estava com um dos braços pendurado casualmente no encosto do banco do carona, ao lado. – Jantar esta noite? Eu pago. Vou lhe contar coisas sobre você, sobre o que você é, que ninguém mais neste planeta sabe.

– Obrigada – falei, entrando no meu quintal coberto de agulhas de pinheiro, sentindo-me insanamente aliviada. Bem, e por que não? Eu tinha sobrevivido a um encontro com Paul Slater sem ser jogada em outro plano de existência. Era uma tremenda realização. – Mas não, obrigada. Vejo você na escola amanhã.

Então fui andando pelo grosso tapete de agulhas de pinheiro até a entrada de veículos, enquanto atrás de mim ouvia Paul gritando:

– Suze! Suze, espera!

Só que não esperei. Fui direto pela entrada de veículos até a varanda da frente, subi a escada, abri a porta e entrei.

Não olhei para trás. Não olhei para trás nem uma vez.

– Estou em casa – gritei, para o caso de ter alguém em baixo que ligasse a mínima para isso. Tinha. Peguei-me sendo interrogada por meu padrasto, que estava preparando o jantar e parecia ansioso em saber tudo sobre o "meu dia". Depois de contar e obter nutrição na forma de uma maçã e um refrigerante *diet*, subi a escada para o segundo andar e abri a porta do meu quarto.

Havia um fantasma sentado no parapeito da janela. Ele ergueu os olhos quando entrei.

– Olá – disse Jesse.

Capítulo 4

Não falei com Jesse sobre Paul.
Provavelmente devia ter falado. Tinha muita coisa que eu provavelmente devia ter contado a Jesse, mas ainda não tinha conseguido exatamente.

Só que eu sabia o que aconteceria se contasse: Jesse ia querer entrar num tremendo confronto com o cara, e o resultado seria alguém sendo exorcizado de novo... e esse alguém seria Jesse. E eu realmente não me achava capaz de suportar. Isso não. De novo, não.

Por isso fiz segredo da matrícula súbita de Paul na Academia da Missão. Bom, as coisas estavam esquisitas entre mim e Jesse, verdade. Mas isso não significava que eu estivesse ansiosa por perdê-lo.

– Então, como foi na escola? – perguntou ele.

– Legal. – Eu estava com medo de dizer mais alguma coisa. Por um lado, me sentia preocupada com a hipótese de começar a abrir o bico sobre o Paul. E por outro, bem, eu tinha descoberto que, quanto menos fosse dito entre Jesse e mim, no geral, melhor. Afinal, eu tinha uma tendência a entrar num blablablá nervoso. Ainda que eu tivesse descoberto que geralmente o papo furado impedia Jesse de se desmaterializar (como ele tendia a fazer com mais freqüência agora, com um rápido pedido de desculpas, sempre que qualquer silêncio incômodo surgisse entre nós) isso não parecia provocar um desejo semelhante da parte dele, de ficar falando. Jesse estivera quase insuportavelmente quieto desde...

Bem, desde o dia em que nós nos beijamos.

Não sei o que acontece com os caras, num dia dão um beijo de língua e no outro fingem que a gente não existe. Mas esse era o tratamento que eu vinha recebendo de Jesse ultimamente. Puxa, há menos de três semanas ele tinha me pego nos braços e me dado um beijo que eu senti por toda a espinha. Eu me derreti no seu abraço, pensando que finalmente, depois de tanto tempo, poderia revelar meus verdadeiros sentimentos, o amor secreto que senti por ele desde o minuto – bem, pelo menos quase – em que entrei no meu quarto novo e descobri que o lugar já estava ocupado. Não importava que o ocupante tivesse respirado pela última vez há mais de um século e meio.

Eu deveria saber, acho, que não era uma boa se apaixonar por um fantasma. Mas esse é o negócio com os mediadores. Para nós os fantasmas têm tanta matéria quanto qualquer ser vivo. A não ser pela coisa imortal, não havia motivo no mundo para Jesse e eu, se quiséssemos, não termos o caso tórrido com o qual eu vinha sonhando desde que ele se recusou pela primeira vez a me chamar de outra coisa que não fosse meu nome inteiro, Suzannah, o nome que ninguém, além do padre Dom, jamais usava.

Só que não aconteceu nenhum caso tórrido. Depois daquele primeiro beijo – que foi interrompido pelo meu meio-irmão mais novo – não houve outro. De fato, Jesse pediu desculpas profusas, depois pareceu me evitar intencionalmente – mesmo eu tendo feito questão de lhe dizer que, por mim, tudo estava bem... mais do que bem.

Agora eu não podia deixar de ficar pensando se tinha cedido muito. Jesse provavelmente achava que eu era fácil, ou algo do tipo. Quero dizer, na época em que ele era vivo, as damas davam tapas em homens que fossem tão ousados como ele tinha sido. Até mesmo homens que se pareciam com Jesse, com olhos escuros brilhantes, cabelo preto e grosso, barriga parecendo uma tábua de esfregar roupa e sorrisos irresistivelmente sensuais.

Ainda acho difícil acreditar que alguém possa ter odiado um sujeito desses o bastante para matá-lo, mas foi exatamente assim que Jesse acabou assombrando meu quarto, o quarto em que foi estrangulado há 150 anos.

Dadas as circunstâncias, eu realmente não achei que houvesse sentido em contar a Jesse os detalhes do meu dia. Só entreguei o *Teoria crítica desde Platão* e disse:

– O padre Dominic mandou lembranças.

Jesse pareceu satisfeito com o livro. Azar o meu estar apaixonada por um cara que se sentia mais atraído pela teoria crítica do que pela idéia da minha língua em sua boca.

Jesse folheou o livro enquanto eu jogava na cama o conteúdo da minha mochila. Já estava lotada de dever de casa, e era só o primeiro dia de aula. Dava para ver que a décima-primeira séria seria cheia de diversão e aventura. Puxa, com Paul Slater e trigonometria, o que poderia ser mais empolgante?

Eu deveria ter dito alguma coisa a Jesse sobre o Paul. Deveria ter dito: "Ei, adivinha só. Lembra aquele cara, o Paul, cujo nariz você tentou quebrar? Pois é, agora ele estuda na minha escola."

Porque se eu tivesse sido casual a respeito, talvez não fosse grande coisa. Quero dizer, é, Jesse odiava o cara; e com bons motivos. Mas eu poderia ter tirado a importância do fato de que Paul poderia ser o filho de Satã. Quero dizer, o cara *usa* um relógio Fossil. Até que ponto ele poderia ser maligno?

Mas no momento em que eu estava juntando coragem para dizer "Ah, é, e aquele tal de Paul Slater, lembra? Ele apareceu na minha sala de reuniões hoje de manhã", Brad gritou para cima, dizendo que o jantar estava pronto.

Como meu padrasto dá uma tremenda importância a esse negócio de todo mundo se juntar como uma família na hora das refeições e de partirmos o pão juntos, eu fui obrigada a sair de perto de Jesse (não que ele parecesse se importar), descer e conversar com a família... um tremendo sacrifício, considerando o que poderia estar fazendo: disponibilizando-me para mais beijos do homem dos meus sonhos.

Mas já que a noite, como na maioria das noites, não parecia a ponto de render nenhum abraço apaixonado, desci a escada num tremendo mau humor. Andy tinha preparado bife *fajitas*, um dos seus melhores pratos. Eu precisava dar crédito à minha mãe por ter achado um cara que não somente resolvia tudo em casa, mas que além disso era praticamente um *chef* de cozinha. Como mamãe e eu tínhamos vivido praticamente de comida para viagem antes de ela se casar de novo, esta era sem dúvida uma evolução.

Mas o fato era que o Sr. Conserta-tudo tinha vindo com três filhos adolescentes. Essa parte ainda me deixava meio na dúvida.

Brad arrotou quando eu entrei na sala de jantar. Só que ele havia dominado a arte de arrotar palavras. A palavra que ele arrotou quando eu entrei foi: "*Babaca.*"

– Olha só quem fala – foi minha resposta espirituosa.

– Brad – disse Andy com severidade. – Vá pegar o creme azedo, por favor.

Revirando os olhos, Brad se levantou de seu lugar à mesa e foi de má vontade para a cozinha.

– Oi, Suzinha – disse minha mãe, aproximando-se e desalinhando meu cabelo afetuosamente. – Como foi o primeiro dia de aula?

Só minha mãe, de todos os seres humanos do planeta, tem permissão de me chamar de Suzinha. Felizmente eu já havia deixado isso abundantemente claro para meus meios-irmãos, de modo que eles nem davam mais risinhos quando ela falava assim.

Não achei que seria adequado responder com sinceridade à pergunta de minha mãe. Afinal de contas ela não sabe que sua filha única é um elemento de ligação entre os vivos e os mortos. Ela não conhecia Paul, nem sabia que ele tentara me matar uma vez, nem sabia da existência de Jesse. Minha mãe acha simplesmente que eu estou demorando a acontecer, que sou uma garota tomando chá de cadeira, que logo vai tomar tino e arranjar namorados de montão. O que é surpreendentemente ingênuo para uma mulher que trabalha como jornalista de TV, ainda que seja apenas uma emissora local afiliada.

Algumas vezes invejo mamãe. Deve ser legal viver no planeta dela.

– Meu dia foi maneiro – foi como respondi à pergunta de mamãe.

– Não vai ser tão bom amanhã – observou Brad enquanto voltava com o creme azedo.

Minha mãe tinha ocupado seu lugar numa cabeceira da mesa e estava desdobrando o guardanapo. Nós só usamos guardanapos de pano. Outro Andyismo. É mais ecologicamente correto e torna a apresentação da comida mais Martha Stewart.

– Verdade? – disse mamãe, e suas sobrancelhas, escuras como as minhas, subiram. – Por quê?

– Amanhã é o dia em que a gente faz as indicações para o diretório estudantil – disse Brad, sentando-se de novo. – E Suze vai perder o cargo de vice-presidente da turma.

Sacudindo meu guardanapo e colocando-o delicadamente no colo – junto com a cabeça gigantesca de Max, o cachorro dos Ackerman, que passava cada refeição com o focinho apoiado na minha coxa, esperando o que caísse do meu garfo no colo, uma prática à qual eu agora estava tão acostumada que nem notava mais – falei, respondendo ao olhar interrogativo de mamãe:

– Não faço idéia do que ele está falando.

Brad pareceu inocente.

– Kelly não pegou você depois da escola?

Não exatamente, dado que eu tinha ficado de castigo depois da aula, algo que Brad sabia perfeitamente bem. Mas ele pretendia me torturar sobre isso durante um tempo, dava para ver.

– Não – falei. – Por quê?

– Bem, Kel já pediu a outra pessoa para entrar na chapa dela este ano. Aquele cara novo, Paul Não-sei-das-quantas. – Brad encolheu os ombros, dos quais seu grosso pescoço de lutador brotava como um tronco de árvore entre dois pedregulhos. – De modo que eu acho que o reino de Suze como vice-presidente é *finito*.

Minha mãe me olhou com ar preocupado.

– Você não sabia disso, Suzinha?

Foi minha vez de dar de ombros.

– Não. Mas é legal. Eu nunca me vi realmente como membro da diretoria estudantil.

Mas essa resposta não teve o efeito desejado. Minha mãe apertou os lábios e disse:

– Bem, eu não gosto disso. Um garoto novo chega e toma o lugar de Suzinha. Não é justo.

– Pode não ser justo – observou David – mas é a ordem natural das coisas. Darwin provou que os mais fortes da espécie tendem a ter mais sucesso, e Paul Slater é um espécime físico soberbo. Cada pessoa do sexo feminino que entra em contato com ele, pelo que eu notei, tem uma propensão nítida a exibir o comportamento de ajeitar as penas.

Minha mãe achou um tanto divertido esse último comentário.

– Minha nossa – falou em tom ameno. – E você, Suzinha? Paul Slater faz com que você exiba um comportamento de ajeitar as penas?

– Nem de longe – respondi.

Brad arrotou de novo. Dessa vez, quando fez isso, disse: "*Mentirosa.*"

Encarei-o, irritada.

– Brad. Eu *não* gosto de Paul Slater.

– Não foi o que me pareceu quando vi vocês dois no corredor coberto hoje de manhã.

– Errado – falei acalorada. – Você não poderia estar mais errado.

– Ah – disse Brad. – Desista, Suze. Definitivamente estava acontecendo uma exibição de penas. Só que você estava com tanto fixador no cabelo que seus dedos ficaram presos.

— Chega – disse minha mãe enquanto eu tomava fôlego para negar isso também. – Vocês dois.

— Eu não gosto de Paul Slater – falei de novo, só para o caso de Brad não ter me ouvido da primeira vez. – Certo? Na verdade eu o odeio.

Minha mãe pareceu incomodada.

— Suzinha? Estou surpresa com você. É errado dizer que odeia alguém. E como já poderia odiar o pobre coitado? Você só o conheceu ontem.

— Ela conhece ele de antes – disse Brad. – Do verão em Pebble Beach.

Encarei-o furiosa mais um pouco.

— Como *você* sabe isso?

— Paul me contou – disse Brad dando de ombros.

Com uma ponta de pavor – seria bem o estilo de Paul abrir o bico com minha família sobre o negócio de eu ser mediadora, só para mexer comigo – perguntei, tentando parecer casual:

— Ah, é? O que mais ele disse?

— Só isso – disse Brad. Então sua voz ficou sarcástica. – Por mais que possa ser uma surpresa, Suze, as pessoas têm outras coisas para conversar, além de falar de você.

— Brad – disse Andy num tom de alerta, enquanto saía da cozinha carregando uma bandeja com tiras de carne chiando e outra com tortilhas macias e fumegantes. – Cuidado. – Depois, baixando as bandejas, seu olhar se fixou na cadeira vazia ao meu lado. – Cadê o Jake?

Todos nos entreolhamos com expressão vazia. Eu nem tinha registrado a ausência de meu meio-irmão mais velho.

Nenhum de nós sabia onde Jake estava. Mas todos sabíamos, pelo tom de voz de Andy, que quando Jake chegasse em casa seria um homem morto.

— Talvez ele tenha ficado retido numa aula — disse minha mãe. Você sabe que é a primeira semana na faculdade, Andy. Talvez o horário dele não seja muito regular durante um tempo.

— Eu perguntei a ele hoje cedo se ia chegar a tempo para o jantar, e ele falou que sim — disse Andy irritado. — Se ia se atrasar, no mínimo deveria dar um telefonema.

— Talvez ele esteja preso em alguma fila de registro — disse mamãe, querendo tranqüilizá-lo. — Venha, Andy. Você fez um jantar magnífico. Seria uma pena não se sentar e comer antes que fique frio.

Andy sentou-se, mas não parecia muito ansioso para comer.

— É que quando alguém se dá ao trabalho de fazer uma bela refeição, é educado que todo mundo apareça na hora certa... — disse ele, num discurso que já tínhamos ouvido aproximadamente duzentas vezes.

Enquanto Andy estava dizendo isso a porta da frente bateu, e a voz de Jake soou no saguão:

— Pode ficar de camisa, eu já estou aqui. — Jake conhecia bem o pai.

Mamãe lançou um olhar para Andy por cima das tigelas de alface picada e queijo, que estávamos passando. O olhar dizia: *Está vendo? Eu falei.*

— Oi — disse Jake entrando na sala de jantar em seu passo lento de sempre. — Desculpe o atraso. Fiquei preso na livraria. As filas para comprar livros estavam inacreditáveis.

O olhar de "não falei?" de mamãe se aprofundou.

Tudo que Andy fez foi resmungar.

— Você teve sorte. Desta vez. Sente-se e coma. — Então, para Brad, falou: — Passe o molho.

Só que Jake não se sentou para comer. Em vez disso ficou ali parado, com uma das mãos no bolso da frente dos jeans, e outra ainda segurando as chaves do carro.

— Ah — disse ele. — Escutem...

Todos nós olhamos, esperando que alguma coisa interessante acontecesse, como Jake dizer que a pizzaria tinha bagunçado com o horário dele de novo e que ele não poderia ficar para o jantar. Isso geralmente resultava em grandes fogos de artifício da parte de Andy.

Mas em vez disso Jake falou:

— Eu trouxe uma pessoa. Espero que esteja tudo bem.

Como meu padrasto preferiria ter mil pessoas apinhadas em volta da mesa de jantar do que a ausência de um único de nós, disse em tom magnânimo:

— Ótimo, ótimo. Tem o bastante para todo mundo. Pegue pratos e talheres na bancada.

Então Jake foi pegar um prato, garfo e faca, enquanto a "pessoa" surgia, numa postura meio frouxa, aparentemente tendo esperado na sala de estar, sem dúvida pasmo com a quantidade enorme de fotos de família que minha mãe tinha posto em todas as paredes de lá.

Infelizmente a pessoa que Jake tinha trazido não era da variedade feminina, por isso não poderíamos pegar no pé dele mais tarde. Mesmo assim, como diria David, Neil Jankow, como foi apresentado, era um espécime interessante. Era bem arrumado, o que o destacava da maioria dos amigos de Jake. Seus jeans não pendiam frouxos em algum ponto no meio das coxas, mas estavam adequadamente presos à cintura com um cinto, fato que o colocava um ponto acima da maioria dos rapazes de sua idade.

Mas isso não significava que fosse um gato. De jeito nenhum. Era quase dolorosamente magro, com pele oleosa, e tinha cabelos louros meio compridos. Mesmo assim pude ver que minha mãe o aprovava, já que era cuidadosamente educado, chamando-a de senhora – "Muito obrigado por me deixar ficar para o jantar, senhora"– se bem que a dedução de que minha mãe tinha feito o jantar era meio machista, já que Andy tinha preparado tudo.

Mesmo assim ninguém pareceu se ofender, e foi aberto o espaço para o jovem Sr. Neil à mesa. Ele se sentou e, acompanhando Jake, começou a comer... não com muito empenho, mas com uma apreciação que parecia não ser fingida. Logo ficamos sabendo que Neil freqüentava com Jake as aulas de Introdução à Literatura Inglesa. Como Jake, Neil estava entrando na NoCal – a gíria da cidade para a Faculdade Estadual do Norte da Califórnia. Como Jake, Neil era da região. Na verdade, sua família vivia no vale. Seu pai era dono de vários restaurantes na área, inclusive um ou dois onde eu já tinha comido. Como Jake, Neil não tinha muita certeza de que carreira seguiria, mas, também como Jake, esperava curtir a faculdade muito mais do que o segundo grau, já que tinha programado o horário para não ter nenhuma aula de manhã, por isso podia passá-la dormindo ou, se por acaso acordasse antes das onze, aproveitar algumas ondas na praia de Carmel antes da primeira aula.

No fim do jantar eu tinha muitas perguntas sobre Neil. Tinha uma grande, sobre uma coisa específica. Era algo que, com toda a certeza, não havia incomodado ninguém além de mim. No entanto eu realmente sentia que merecia algum tipo de explicação, pelo menos. Não que eu pudesse dizer algo a respeito. Não com tantas pessoas em volta.

E isso era parte do problema. Havia muita gente em volta. E não só as pessoas reunidas à mesa. Não, havia o cara que tinha entrado na sala e ficado ali durante todo o jantar, bem atrás da cadeira de Neil, olhando-o em silêncio completo, com um ar maligno.

Esse cara, diferente de Neil, era bonito. De cabelos escuros e covinha no queixo, dava para ver que, por baixo dos jeans Dockers e da pólo preta, ele era... ele tinha malhado muito, sem qualquer dúvida, para cultivar aqueles tríceps, para não mencionar o que eu achava que seria uma barriga com músculos parecendo uma tábua de lavar roupa.

Esta não era a única diferença entre esse cara e o amigo de Jake, Neil. Também havia o pequeno detalhe de que Neil, pelo que eu sabia, estava notavelmente vivo, ao passo que o cara atrás dele estava, bem...

Morto.

Capítulo 5

Era a cara de Jake, trazer para casa um convidado mal-assombrado.

Não que Neil parecesse saber que era mal-assombrado. Parecia perfeitamente ignorante da presença fantasmagórica atrás dele – assim como o resto de minha família, com exceção de Max. No minuto em que Neil se sentou, Max disparou para fora da sala de jantar com um ganido que fez Andy balançar a cabeça e dizer:

– Esse cachorro está ficando a cada dia mais neurótico.

Pobre Max. Sei como ele se sente.

Só que, diferente do cachorro, eu não podia fugir da sala de jantar e me esconder em outra parte da casa, como queria. Quero dizer, se fizesse isso provocaria um monte de perguntas desnecessárias.

Além disso eu sou uma mediadora. Lidar com os mortos é meio inevitável para mim.

Ainda que definitivamente haja momentos em que eu deseje poder sair dessa. Aquele era um desses momentos.

Não que eu pudesse fazer alguma coisa. Não, eu estava grudada na mesa, tentando engolir *fajitas* na brasa enquanto era encarada por um morto, um final fantástico para um dia muito menos do que perfeito.

O morto, de sua parte, parecia bastante chateado. Bem, e por que não? Quero dizer, ele estava *morto*. Eu não fazia idéia de como ele havia se separado de sua alma, mas devia ter sido súbito, porque ainda não parecia muito acostumado com aquilo. Sempre que alguém pedia alguma coisa que estivesse perto dele, ele estendia a mão... e o objeto era arrancado de baixo de seus dedos fantasmagóricos por um dos vivos à mesa, o que o deixava irritado. Mas deu para notar que a maior parte de sua animosidade era reservada a Neil. Cada pedaço de *fajita* que o novo amigo de Jake pegava, cada batata frita que ele mergulhava em seu guacamole, parecia enfurecer mais o morto. Os músculos de sua mandíbula tremiam, e seus pulsos se apertavam convulsivamente cada vez que Neil respondia em sua voz calma: "Sim, senhora" ou "Não, senhora", a qualquer das muitas perguntas que mamãe fazia.

Finalmente não pude suportar mais – era *arrepiante* ficar ali sentada à mesa com aquele fantasma furioso que só eu podia ver... e eu estou *acostumada* a ser olhada por fantasmas – por isso me levantei e comecei a retirar os pratos de todo mundo, ainda que fosse a vez de Brad fazer isso. Ele me olhou boquiaberto – proporcionando a todos nós uma visão muito linda de um bife meio mastigado que ele tinha na boca – mas não falou nada. Acho que tinha medo de que, se dissesse, isso me arrancaria da ilusão de que era minha noite de tirar os pratos. Ou isso ou ele achou que eu estava tentando cair nas suas boas graças para ele não me dedurar sobre o "cara" que eu estava recebendo à noite no quarto.

De qualquer modo, minha ação de tirar os pratos pareceu um sinal de que o jantar estava acabado, já que todo mundo se levantou e foi para a varanda, olhar a piscina nova que Andy ainda mostrava com orgulho a todos que passavam pela porta da frente, quer pedissem para ver ou não. Foi enquanto eu estava na cozinha enxaguando os pratos antes de colocá-los na lavadora que a sombra ambulante de Neil e eu ficamos sozinhos. Ele parou tão perto de mim – olhando através da porta deslizante, de vidro, para os que estavam na varanda – que eu pude estender a mão molhada e puxar sua camisa sem ninguém notar.

Dei-lhe um tremendo susto. Ele girou, com o olhar furioso e incrédulo ao mesmo tempo. Sem dúvida não tinha notado que eu podia vê-lo.

– Ei – sussurrei para ele, enquanto todos os outros falavam sobre cloro e sobre o *flan* que Andy tinha feito de sobremesa. – Nós dois temos de conversar.

O cara ficou chocado.

– Você... consegue me ver? – gaguejou ele.

– Obviamente.

Ele piscou, depois olhou pela porta de vidro.

– Mas eles... eles não podem?
– Não.
– Por quê? Quero dizer, por que você e não... eles.
– Porque eu sou uma mediadora.
Ele ficou inexpressivo.
– Uma o quê?
– Espere um segundo – falei, porque pude ver mamãe vindo subitamente da varanda para a porta de vidro.
– Brr – disse ela enquanto entrava e fechava a porta. – Fica frio lá fora quando o sol baixa. Como está indo com os pratos, Suzinha? Precisa de ajuda?
– Não – falei toda animada. – Tudo bem.
– Tem certeza? Eu achava que era a vez do Brad limpar a mesa.
– Não faz mal – falei com um sorriso que esperava que ela não notasse que era completamente forçado.
Não funcionou.
– Suzinha, querida. Você não está chateada, está? Com o que Brad estava dizendo sobre o tal garoto ser indicado para vice-presidente no seu lugar?
– Ah... – falei, olhando o garoto fantasma, que pareceu bastante irritado com a interrupção. Eu não podia culpá-lo. Acho que *foi* pouco profissional da minha parte ter uma sessão de reforço do elo entre mãe e filha no meio de uma mediação. – Não, sério, mamãe. Na verdade eu me sinto bem com relação a isso.
E não estava mentindo. Não estar no diretório estudantil este ano me liberaria um bocado de tempo. Tempo com

o qual eu não tinha idéia do que iria fazer, claro, já que aparentemente não iria gastá-lo sendo levada às alturas por Jesse. Mesmo assim, a esperança é a última que morre.

Mamãe continuou parada perto da porta, preocupada.

– Bem, Suzinha querida, você vai ter de substituir isso por outra atividade extracurricular, você sabe. As faculdades procuram esse tipo de coisa nos candidatos. Faltam menos de dois anos para a sua formatura. Você vai nos deixar em breve.

Nossa! Mamãe nem sabia sobre Jesse, e mesmo assim fazia todo o possível para nos manter separados, sem saber que o próprio Jesse estava cuidando disso sozinho.

– Tudo bem, mamãe – falei, olhando desconfortavelmente para o garoto fantasma. Quero dizer, eu não estava exatamente empolgada por ele ouvir tudo isso. – Eu vou entrar na equipe de natação. Isso deixa você feliz? Ter de me levar para os treinos às cinco da manhã todo dia?

– Isso não foi muito convincente, Suzinha – disse mamãe em voz seca. – Sei perfeitamente que você nunca vai entrar para a equipe de natação. Você é obcecada demais com o cabelo e com o que aquela química da piscina pode fazer com ele.

E então ela foi para a sala de estar, deixando o garoto fantasma e eu sozinhos na cozinha.

– Certo – falei em voz baixa. – Onde é que nós estávamos?

O cara só balançou a cabeça.

– Ainda não acredito que você pode me ver – falou em voz chocada. – Quero dizer, você não sabe... você não pode saber como é. É como se, em todo lugar aonde eu fosse, as pessoas olhassem através de mim.

– É – falei jogando para o lado a toalha de pratos que eu tinha usado para enxugar as mãos. – Isso é porque você está morto. A questão é: o que deixou você nesse estado?

O garoto fantasma ficou pasmo com o meu tom de voz. Acho que *fui* meio rude. Mas afinal de contas eu não estava tendo o melhor dos dias.

– Você é... – Ele me olhou um tanto cautelosamente. – *Quem* você disse mesmo que era?

– Meu nome é Suze. Sou uma mediadora.

– Uma *o quê*?

– Mediadora. Meu trabalho é ajudar os mortos a passar para o outro lado... para a próxima vida, ou sei lá o quê. Qual é o seu nome?

O garoto fantasma piscou de novo.

– Craig.

– Certo. Bem, escute, Craig. Alguma coisa está errada, porque eu duvido tremendamente de que o universo pretenda que você fique na minha cozinha como parte de toda a sua experiência pós-vida. Você precisa ir em frente.

Craig franziu as sobrancelhas escuras.

– Em frente para onde?

– Bem, isso é você quem vai descobrir quando chegar lá. De qualquer modo, a grande pergunta não é para onde você vai, mas por que ainda não chegou lá.

– Quer dizer... – Os olhos de Craig se arregalaram. – Você quer dizer que isto aqui não é... lá?

— Claro que não – falei, achando meio divertido. – Você acha que, depois de morrer, todo mundo vai para Pine Crest Road, 99?

Craig encolheu os ombros largos.

— Não. Acho que não. É só que... quando eu acordei, você sabe, eu não sabia aonde ir. Ninguém podia... você sabe. Me ver. Quero dizer, eu fui para a sala de estar, e minha mãe estava chorando como se não conseguisse parar. Foi meio assustador.

Ele não estava brincando.

— Tudo bem – falei, com mais gentileza do que antes. – É assim que acontece algumas vezes. Só que não é o normal. A maioria das pessoas vai direto para a próxima... bem, fase de consciência. Sabe, para a próxima vida, ou para a danação eterna, se ferraram com tudo na última. Esse tipo de coisa. – Os olhos dele meio se arregalaram diante das palavras *danação eterna*, mas como eu nem tinha certeza de haver uma coisa assim, me apressei: – O que nós temos de descobrir agora é por que você não foi. Quero dizer, por que não foi em frente logo. Alguma coisa obviamente está segurando você. Nós precisamos...

Mas nesse ponto o exame da piscina – a preciosa piscina de Andy, que daqui a menos de uma semana estaria cheia de vômito e cerveja – terminou, e todo mundo voltou para dentro. Sinalizei para Craig me seguir e subi a escada, até onde eu achava que poderíamos falar sem ser interrompidos.

Ao menos pelos vivos. Jesse, por outro lado, era uma história diferente.

– *Nombre de dios* – disse ele, espantado das páginas da *Teoria crítica desde Platão* quando entrei de volta no quarto com Craig logo atrás. Spike, o gato de Jesse, arqueou as costas antes de ver que era só eu (com outro dos meus incômodos amigos fantasmas) e se encostou em Jesse.

– Desculpe – falei. Ao ver o olhar de Jesse passar por mim e se grudar no garoto fantasma, fiz as apresentações: – Jesse, este é Craig. Craig, Jesse. Vocês dois devem se dar bem. Jesse também está morto.

Mas Craig pareceu achar a visão de Jesse (que, como sempre, estava vestido no auge da moda do último ano em que esteve vivo, mais ou menos 1850, inclusive com botas de couro pretas indo até os joelhos, calças pretas justas e uma grande camisa bufante de gola aberta) um pouco demais. Tanto, de fato, que teve de se sentar pesadamente (ou pelo menos tão pesadamente quanto alguém sem matéria poderia) na beira da minha cama.

– Você é um pirata? – perguntou Craig.

Jesse, diferentemente de mim, não achou isso muito divertido. Acho que não posso culpá-lo.

– Não – disse em tom chapado. – Não sou.

– Craig – falei, tentando manter o rosto sério, e fracassando apesar do olhar que Jesse me lançou. – Verdade, você precisa pensar. Tem de haver um motivo para ainda estar aqui em vez de onde deveria estar. Qual você acha que pode ser o motivo? O que está segurando você?

Craig finalmente afastou o olhar de Jesse.

– Não sei. Talvez o fato de que eu não deveria estar morto?

— Certo — falei tentando ser paciente. Porque o negócio, claro, é que todo mundo acha isso. Que morreu jovem demais. Tive gente que apagou aos 104 anos reclamando comigo sobre a injustiça disso tudo.

Mas eu tento ser profissional. Quero dizer, afinal de contas a mediação é o meu serviço. Não que eu seja paga nem nada, a não ser que conte, sabe, em termos de carma. Assim espero.

— Certamente dá para ver por que você se sente assim — continuei. — Foi de repente? Quero dizer, você não estava doente nem nada, estava?

Craig ficou indignado.

— Doente? Está brincando? Eu sou capaz de levantar 120 quilos no supino e corro oito quilômetros todo dia. Para não mencionar que eu era da equipe de remo da NoCal. E ganhei a corrida de catamarã do Iate Clube de Pebble Beach três anos seguidos.

— Ah — falei. Não era de espantar que o sujeito parecesse ter um corpo tão marombado debaixo da camisa pólo. — Então sua morte foi acidental?

— Sem dúvida que foi acidental — disse Craig, cutucando um dedo no meu colchão para enfatizar. — Aquela tempestade veio de lugar nenhum. Virou a gente antes que eu tivesse chance de ajustar a vela. Fiquei preso embaixo do barco.

— Então... — falei hesitante. — Você se afogou?

Craig balançou a cabeça... não em resposta à minha pergunta, mas de frustração.

— Isso não devia ter acontecido — falou, olhando os sapatos sem ver... mocassins, do tipo que caras como ele, que curtem barcos, usam sem meias. — Não deveria ter sido eu. Eu era da equipe de natação no segundo grau. Fui o primeiro do distrito em estilo livre.

Eu ainda não entendia.

— Sinto muito — falei. — Eu sei que não parece justo. Mas as coisas vão melhorar, garanto.

— Verdade? — Craig ergueu o olhar dos sapatos, com os olhos castanhos parecendo me prender na parede. — Como? Como as coisas vão melhorar? Para o caso de você não ter notado, eu estou *morto*.

— Ela quer dizer que as coisas vão melhorar para você quando você se mudar — disse Jesse, vindo em meu socorro. Ele parecia ter superado a observação sobre o pirata.

— Ah, as coisas vão melhorar, é? — Craig soltou um riso amargo. — Como melhoraram para você? Parece que você andou esperando um bom tempo para se mudar, meu chapa. Qual é o problema?

Jesse ficou quieto. Realmente não havia nada que ele *pudesse* falar. Claro que ele ainda não sabia por que não tinha passado deste mundo para o outro. Nem eu. Mas o que quer que estivesse prendendo Jesse neste tempo e neste lugar segurava-o com muita força: já o mantinha aqui há um século e meio, e mostrava todos os sinais de continuar segurando (eu esperava egoisticamente) pelo menos durante meu tempo de vida, se não por toda a eternidade.

E ainda que o padre Dom insistisse em que um dia desses Jesse iria deduzir o que o mantinha na Terra e que era melhor eu não me ligar demais a ele porque chegaria o dia em que eu nunca mais iria vê-lo de novo, esses conselhos bem-intencionados tinham caído em ouvidos surdos. Eu já estava ligada. De montão.

E não estava trabalhando muito para me desligar.

– A situação de Jesse é meio especial – falei com Craig no que esperava que fosse uma voz tranqüilizadora, tanto por ele quanto por Jesse. – Tenho certeza de que a sua nem de longe é tão complicada.

– Isso mesmo – disse Craig. – Porque eu nem deveria estar aqui.

– Certo – falei. – E vou fazer o máximo para que você passe para a sua próxima vida...

Craig franziu a testa. Era a mesma expressão que tinha mantido por todo o jantar, olhando para Neil, o amigo de Jake.

– Não – disse ele. – Não foi isso que eu quis dizer. Quis dizer que eu não devia estar morto.

Assenti. Eu tinha ouvido esse papo antes, vezes sem conta. Ninguém quer acordar e descobrir que não está mais vivo. Ninguém.

– É difícil – falei. – Eu sei que é. Mas com o tempo você vai se acostumar à idéia, garanto. E as coisas vão melhorar assim que nós descobrirmos exatamente o que o está segurando...

– Você não entende – disse Craig, balançando a cabeça morena. – É o que eu estou tentando lhe dizer. O que está me segurando é o fato de que não era eu que devia estar morto.

Falei hesitante:

– Bem... pode ser. Mas não há nada que eu possa fazer a respeito.

– O que você quer dizer? – Craig ficou de pé no meu quarto, furioso. – O que você quer dizer com não pode fazer nada a respeito? Então o que eu estou fazendo aqui? Achei que você poderia me ajudar. Achei que você disse que era a mediadora.

– E sou – falei olhando rapidamente para Jesse, que parecia tão pasmo quanto eu. – Mas eu não determino quem vive ou morre. Isso não é comigo. Não faz parte do meu trabalho.

Craig, com a expressão transformada em nojo, falou:

– Bem, então obrigado por nada – e começou a ir para a porta do meu quarto.

Eu não iria impedi-lo. Quero dizer, eu não queria ter mais nada a ver com ele. Ele parecia o tipo de cara grosso e metido a besta. Se não queria minha ajuda, ei, não era problema meu.

Foi Jesse quem o fez parar.

– Você – disse ele, numa voz bastante profunda. E autoritária. A ponto de fazer Craig parar. – Peça desculpas a ela.

O cara na porta virou a cabeça lentamente para olhar Jesse.

— De jeito nenhum — foi o que teve a falta de sensatez de dizer.

Um segundo depois ele não estava saindo — nem atravessando — aquela porta. Não. Estava grudado nela. Jesse estava segurando um dos braços de Craig no que parecia ser um ângulo muito doloroso às costas, e estava encostado firmemente contra ele.

— Peça desculpas à jovem dama — sibilou Jesse. — Ela está tentando lhe fazer uma gentileza. Não se vira as costas a alguém que está tentando fazer uma gentileza.

Epa. Para um cara que parece não querer nada comigo, Jesse certamente pode ficar irritado com o modo como outras pessoas me tratam.

— Desculpe — disse Craig numa voz abafada contra a madeira da porta. Parecia estar sentindo dor. Só porque você está morto, claro, não significa que seja imune a ferimentos. Sua alma se lembra, ainda que o corpo não exista mais.

— Assim está melhor — disse Jesse, soltando-o.

Craig se afrouxou contra a porta. Mesmo ele sendo meio escroto, senti pena do cara. Puxa, ele tinha tido um dia ainda pior do que eu, estando morto e coisa e tal.

— É só que não é justo, sabe? — disse Craig num tom sofrido enquanto esfregava o braço que Jesse quase havia quebrado. — Não devia ter sido eu. Eu é que devia ter sobrevivido, não o Neil.

Olhei-o com surpresa.

— Ah? Neil estava com você no barco?

— Catamarã — corrigiu Craig. — E sim, claro que estava.

– Ele era seu parceiro de vela?

Craig me lançou um olhar de nojo. Depois, com um olhar nervoso para Jesse, modificou-o rapidamente para um desdém educado.

– Claro que não. Você acha que nós teríamos virado se Neil tivesse a mínima idéia do que estava fazendo? Pelo direito, *ele* é que deveria estar morto. Não sei o que mamãe e papai estavam pensando. *Leve Neil no cat com você. Você nunca leva o Neil.* Bem, espero que agora eles estejam felizes. E olha onde eu fui parar. Estou morto. E meu irmão estúpido foi que sobreviveu.

Capítulo 6

Bom, pelo menos agora eu sabia por que Neil tinha ficado meio quieto durante o jantar: tinha perdido o único irmão.

– O cara não conseguia nadar nem até o outro lado da piscina sem ter um ataque de asma – insistiu Craig. – Como pode ter se agarrado à lateral de um catamarã durante sete horas, em ondas de três metros, antes de ser resgatado? Como?

Eu também não podia explicar. Assim como não sabia como iria explicar a Craig que era a sua crença de que o irmão deveria estar morto que mantinha sua alma na Terra.

– Talvez você tenha sido acertado na cabeça – sugeri hesitante.

– E daí? – Craig me encarou furioso, fazendo-me saber que tinha acertado na mosca. – O otário do Neil, que não seria capaz de fazer uma flexão na barra nem se fosse para salvar a vida, *ele* conseguiu se segurar. E eu, o cara cheio de troféus de natação? É, fui eu que me afoguei. Não existe justiça no mundo. E é por isso que eu estou aqui, e Neil está lá embaixo comendo a droga das *fajitas*.

Jesse ficou solene.

— Então seu plano é vingar sua morte tirando a vida do seu irmão, como achou que a sua foi tirada?

Eu me encolhi. Pela expressão de Craig dava para ver que nada do tipo lhe havia ocorrido. Lamentei a sugestão de Jesse.

— De jeito nenhum, cara — disse Craig. Em seguida, parecendo ter pensado bem, acrescentou: — Eu posso fazer isso? Quero dizer, matar alguém? Se eu quisesse?

— Não — falei ao mesmo tempo em que Jesse dizia:

— Sim, mas você estaria arriscando sua alma imortal...

Craig não me ouviu, claro. Só ouviu Jesse.

— Legal! — disse ele, olhando para as mãos.

— Nada de mortes — falei em voz alta. — Não vai haver fratricídio. Não no meu turno.

Craig me olhou, aparentemente surpreso.

— Eu não vou matar Neil.

Balancei a cabeça.

— Então o que é? O que está segurando você? Houve... não sei. Alguma coisa ficou sem ser dita entre vocês dois? Quer que eu diga a ele, por você? O que quer que seja?

Craig me olhou como se eu fosse pirada.

— Para o Neil? Está brincando comigo? Eu não tenho nada para dizer ao Neil. O cara é um panaca, olha só, andando com um sujeito que nem o seu irmão.

Ainda que eu não tenha meus meios-irmãos em grande estima – com a exceção de David, claro – isso não significava que pudesse ficar ali parada enquanto alguém falava mal deles na minha cara. Pelo menos não do Jake, que, na maior parte do tempo, era bem inofensivo.

– O que tem de errado com meu irmão? – perguntei meio acalorada. – Quero dizer, meu meio-irmão?

– Bom, na verdade não tenho nada contra ele. Mas sabe... bem, quero dizer. Eu sei que Neil é só um calouro, impressionável e coisa e tal, mas eu avisei, não se chega a lugar nenhum na NoCal a não ser que você ande com os surfistas.

Nesse ponto eu já tinha ouvido tudo que podia suportar de Craig Jankow.

– Certo – falei, indo até a porta do quarto. – Bem, foi um prazer conhecer você, Craig. Você terá notícias minhas. – E teria mesmo. Eu saberia como encontrá-lo, bastaria procurar Neil e podia apostar dez contra um que acharia Craig andando atrás.

Craig pareceu ansioso.

– Quer dizer que você não vai tentar me levar de volta à vida?

– Não. Quero dizer, bom, eu vou descobrir por que você ainda está aqui, e não onde deveria estar.

– Certo – disse Craig. – Vivo.

– Acho que ela quer dizer no céu – disse Jesse. Jesse não curtia muito o papo de reencarnação, como eu.

Craig, que tinha ficado olhando Jesse cheio de nervosismo desde o incidente perto da porta, pareceu alarmado.

– Ah – disse ele, com as sobrancelhas escuras levantadas.
– *Ah*.

– Ou em sua próxima vida – falei, com um olhar significativo para Jesse. – Nós não sabemos de verdade. Não é, Jesse?

Jesse, que tinha se levantado porque eu me levantei – e Jesse era nada menos do que um cavalheiro diante das damas – falou com óbvia relutância:

– Não. Não sabemos.

Craig foi até a porta, depois olhou para nós dois.

– Bem – disse ele. – Vejo vocês por aí, acho. – Depois olhou para Jesse e falou: – E, é... desculpe ter chamado você de pirata. Verdade.

Jesse respondeu, carrancudo:

– Tudo bem.

Então Craig foi embora.

E Jesse soltou os bichos.

– Suzannah, esse garoto significa encrenca. Você deve entregá-lo ao padre Dominic.

Suspirei e me sentei no banco perto da janela, de onde Jesse tinha acabado de se levantar. Spike, como era seu costume quando eu me aproximava e Jesse estava por perto, rosnou para mim, para deixar claro a quem pertencia... ou seja, não a mim, ainda que fosse eu que pagasse por sua comida e pela caixa de areia.

– Ele vai ficar bem, Jesse – falei. – Vamos ficar de olho nele. Ele só precisa de um tempinho. Puxa, o cara acabou de morrer.

Jesse balançou a cabeça, com os olhos escuros relampejando.

– Ele vai tentar matar o irmão.

– Bem, é. Agora que você pôs a idéia na cabeça dele.

– Você precisa ligar para o padre Dominic. – Jesse foi até o telefone e o pegou. – Diga que ele precisa se encontrar com esse garoto, o irmão, e avisar a ele.

– Epa! Vá com calma, Jesse. Eu posso cuidar disso sem ter de arrastar o padre Dominic.

Jesse me olhou duvidando. O negócio é que, mesmo quando parece duvidar, Jesse é o cara mais gato que eu já vi. Quero dizer, ele não tem uma aparência perfeita nem nada assim – tem uma cicatriz atravessando a testa do lado direito, limpa e branca como um risco de giz, e, como já observei antes, ele é meio fora de moda.

Mas em todos os outros sentidos o cara é o próprio tesão, desde o topo dos cabelos pretos cortados curtos até as botas de montaria, e com mais de um metro e oitenta de músculos nem um pouco cadavéricos entre uma ponta e outra.

Uma pena que seu interesse por mim pareça ser completamente platônico. Talvez, se eu beijasse melhor... Mas qual é, eu não tive muita oportunidade de treinar. Os caras – os caras normais – não vêm exatamente aos bandos até a minha porta. Não que eu seja uma baranga ou coisa assim. De fato, eu me acho bem passável, quando estou toda maquiada, com o cabelo muito bem escovado com secador. Só que é meio difícil ter uma vida social quando a gente está sendo constantemente solicitada pelos mortos.

— Acho que você deveria ligar para ele – disse Jesse, estendendo o telefone para mim outra vez. – Eu estou dizendo, *mi hermosa*. Esse Craig tem mais coisa do que dá para ver.

Pisquei, mas não por causa do que Jesse tinha dito sobre Craig. Não, foi pelo modo como tinha me chamado. *Hermosa*, em espanhol. Ele nunca tinha me chamado assim, nem uma vez, desde que tínhamos nos beijado. Fala sério, eu sentia tanta falta da palavra em seus lábios que fiquei curiosa com o que significava e procurei no dicionário de espanhol do Brad.

"Formosa." Num sentido de "minha bela". Era isso que significava.

E esse não era exatamente o modo de chamar alguém por quem você sente simples amizade.

Pelo menos era o que eu esperava.

Mas não dei a entender que sabia o significado da palavra, assim como não dei a entender que tinha notado que ele a deixara escapar.

— Você está exagerando, Jesse. Craig não vai fazer nada com o irmão. Ele adora o cara. Só parece que ainda não se lembrou disso. E, além do mais, mesmo que não adorasse, mesmo que realmente tivesse intenções homicidas com relação ao Neil, o que faz você achar subitamente que eu não posso cuidar disso? Quero dizer, qual é, Jesse! Até parece que eu não estou acostumada com fantasmas sedentos por sangue.

Jesse pôs o fone no gancho com tanta força que eu pensei que ele tinha quebrado o plástico do aparelho.

— Isso foi antes – disse ele rapidamente.

Encarei-o. Lá fora tinha ficado escuro, e a única luz no meu quarto era a pequenina, sobre a penteadeira. Em seu brilho dourado Jesse parecia ainda mais fantasmagórico do que o usual.

— Antes do quê?

Só que eu sabia. Eu sabia.

— Antes de *ele* chegar – disse Jesse, com uma certa quantidade de ênfase amarga no pronome. – E não tente negar, Suzannah, você não dormiu uma noite inteira desde então. Eu vejo você se revirando. Algumas vezes você grita no sono.

Eu não precisava perguntar quem era *ele*. Eu sabia. Nós dois sabíamos.

— Isso não é nada – falei, mesmo que, claro, não fosse verdade. Era alguma coisa. Era definitivamente alguma coisa. Só que não o que Jesse aparentemente achava. – Quero dizer, não estou falando que não fiquei apavorada quando nós dois achamos que estávamos presos naquele... lugar. E, é, algumas vezes eu tenho pesadelos com isso. Mas vou superar, Jesse. Vou superar.

— Você não é invulnerável, Suzannah – disse Jesse franzindo a testa. – Por mais que pense que é.

Fiquei um bocado surpresa com o fato de ele ter notado. Na verdade, eu tinha começado a me perguntar se isso talvez fosse porque eu não agia de modo suficientemente vulnerável – ou feminino, certo – para ele só ter me agarrado e beijado aquela vez, e nunca ter tentado de novo.

Só que, claro, assim que ele me acusou de ser vulnerável, eu precisava negar que isso fosse verdade.

— Eu estou bem — insisti. Não havia sentido em dizer a ele que Paul Slater quase tinha me causado um ataque cardíaco. — Eu disse, eu já superei, Jesse. E mesmo que não tivesse superado, isso não vai me impedir de ajudar Craig. Ou Neil.

Mas parecia que ele não estava escutando.

— Deixe o padre Dominic cuidar desse. — Jesse olhou para a porta através da qual Craig tinha acabado de passar. Literalmente. — Você ainda não está preparada. É cedo demais.

Nesse momento eu adoraria ter contado a ele sobre Paul... contado em tom casual, como se não fosse nada, para provar que era exatamente isso que significava para mim... nada.

Só que, claro, não era. E nunca seria.

— Sua solicitude é apreciada, mas desnecessária — falei sarcástica para esconder o desconforto com aquilo tudo, com o fato de que estava mentindo para ele. Não somente sobre Paul, mas sobre mim também. — Eu posso cuidar de Craig Jankow, Jesse.

Ele franziu a testa de novo. Mas dessa vez dava para ver que Jesse estava realmente chateado. Se algum dia nós realmente namorássemos, eu sabia que seria necessário assistir a um monte de programas da Oprah antes que Jesse superasse seu machismo do século XIX.

— Eu vou pessoalmente contar ao padre Dominic — disse ele em tom ameaçador, com os olhos escuros parecendo negros como ônix à luz de minha penteadeira.

— Ótimo. Esteja à vontade.

O que não era o que eu queria dizer, claro. O que eu queria dizer era: *por quê?* Por que nós não podemos ficar juntos, Jesse? Eu sei que você quer. Nem se incomode em negar. Eu senti quando você me beijou. Posso não ter muita experiência nesse departamento, mas sei que não estou errada. Você gosta de mim, pelo menos um pouquinho. Então qual é o problema? Por que você esteve me dando gelo desde aquele dia? POR QUÊ?

Qualquer que fosse o motivo, Jesse não iria revelar naquela hora. Em vez disso trincou o maxilar e disse:

– Ótimo, eu vou.

– Vá – ataquei de volta.

Um segundo depois ele tinha sumido. *Puf*, assim.

Bem, quem precisava dele?

Certo. Eu. Admito.

Mas tentei decididamente tirá-lo da cabeça. E me concentrei no dever de trigonometria.

Ainda estava me concentrando nele quando chegou o quarto tempo de aula – laboratório de informática, para mim – no dia seguinte. Estou dizendo: não existe nada mais devastador para a capacidade de estudo de uma garota do que um fantasma bonito que acha que sabe tudo.

Claro, eu deveria estar trabalhando num texto de quinhentas palavras sobre a Guerra Civil, que originalmente tinha sido passado para toda a 11ª série por nosso orientador, o Sr. Walden, que não tinha apreciado o comportamento de alguns de nós durante as indicações para os cargos no diretório estudantil naquela manhã.

Em particular, o Sr. Walden não tinha apreciado meu comportamento, quando depois de Kelly ter indicado Paul para vice-presidente e recebido a aprovação, Cee Cee levantou a mão e me indicou também para vice-presidente.

– Ai – gritou Cee Cee quando eu lhe dei um chute, com força, por baixo da carteira. – O que há de *errado* com você?

– Eu não quero ser vice-presidente – sibilei para ela. – Baixe o braço.

Isso resultou em muitos risinhos, que só morreram quando o Sr. Walden, que jamais fora o professor mais paciente do mundo, jogou um pedaço de giz na porta da sala e disse que era melhor todos nós colocarmos em dia o conhecimento sobre história americana – quinhentas palavras sobre a Batalha de Gettysburg, para ser exato.

Mas minha objeção chegou tarde demais. A indicação feita por Cee Cee foi confirmada por Adam, e aprovada um segundo depois, apesar de meus protestos. Agora eu estava concorrendo a vice-presidente da turma (Cee Cee era minha gerente de campanha, e Adam, cujo avô tinha lhe deixado uma bela poupança, o principal colaborador financeiro) contra o aluno novo, Paul Slater, cujo modo *blasé* e aparência estonteante já haviam garantido quase todos os votos femininos da turma.

Não que eu me importasse. Não queria mesmo ser vice-presidente. Já estava com as mãos suficientemente ocupadas, com o negócio de ser mediadora, com a trigonometria e meu suposto namorado morto. Não precisava me preocupar com política, além disso tudo.

Não tinha sido uma boa manhã. As indicações já haviam sido bem ruins; o trabalho passado pelo Sr. Walden foi um belo complemento.

E, claro, ainda tinha o Paul. Ele havia piscado sugestivamente para mim na sala de reuniões, como se para dizer olá.

E se tudo isso não bastasse, eu tinha optado estupidamente por usar um sapatinho Jimmy Choo novo em folha, comprado por uma fração do preço normal numa ponta de estoque no verão. Era lindo, e combinava perfeitamente com a saia de brim Calvin Klein que eu tinha vestido com uma blusa de gola rulê rosa-choque.

Mas é claro que o sapato estava me matando. Eu já tinha bolhas dolorosas, em carne viva, em volta da base de todos os dedos, e os band-aids que a enfermeira tinha me dado para cobri-los, para ao menos cambalear entre as aulas, não estavam exatamente cumprindo seu papel. Meus pés pareciam a ponto de cair. Se eu soubesse onde Jimmy Choo morava, teria cambaleado direto até a porta dele e lhe dado um soco no olho.

Por isso estava ali sentada no laboratório de informática, sem os sapatos e com os dedos latejando dolorosamente, trabalhando no dever de trigonometria quando deveria estar fazendo a redação, quando uma voz que eu tinha passado a conhecer tão bem quanto a minha própria me deu um susto dizendo, perto do ouvido:

– Sentiu falta de mim, Suze?

Capítulo 7

Me deixa em paz – falei com mais calma do que sentia.

– Ah, qual é, Suze Simon – disse Paul, pegando uma cadeira ali perto, girando-a e depois montando nela. – Admita. Você não me odeia tanto quanto diz.

– Eu não apostaria nisso. – Bati o lápis no caderno, com o que esperava que fosse irritação mas que, na verdade, era tensão nervosa. – Olha, Paul, eu tenho muito trabalho para fazer...

Ele puxou o caderno das minhas mãos.

– Quem é Craig Jankow?

Espantada, percebi que tinha rabiscado o nome na margem da folha.

– Ninguém.

– Ah, isso é bom. Eu achei que talvez ele tivesse me substituído no seu afeto. Jesse sabe? Quero dizer, sobre esse tal de Craig?

Encarei-o irritada, esperando que ele confundisse meu medo com fúria e fosse embora. Mas Paul não pareceu captar a mensagem. Eu esperava que ele não pudesse ver como minha pulsação estava batendo rápido na garganta... ou que, se visse, não confundisse com alguma coisa que não era. Paul não ignorava sua boa aparência, infelizmente. Estava usando jeans pretos que se ajustavam em todos os lugares certos e uma camisa pólo verde-oliva, de mangas curtas. Ela fazia destacar a profundidade de seu bronzeado do tênis e do golfe. Dava para ver que as outras garotas no laboratório de informática – Debbie Mancuso, por exemplo – estavam espiando Paul especulativamente, depois olhavam de volta para os monitores, tentando fingir que não tinham ficado de olho nele há um minuto.

Provavelmente ferviam de ciúme porque ele estava falando comigo, logo eu, a única garota da turma que não deixava Kelly Prescott lhe dizer o que fazer e que não considerava Brad Ackerman um tesão.

Mal sabiam o quanto eu teria gostado se Paul Slater não tivesse me escolhido para me brindar com sua companhia.

– Por acaso Craig está morto – sussurrei, só para o caso de alguém estar ouvindo.

– E daí? – Paul riu para mim. – Eu achava que você gostava deles.

– Você é insuportável. – Tentei arrancar o caderno dele, mas ele o segurou fora do meu alcance.

Paul pareceu meditativo enquanto examinava os problemas da minha folha.

– Há algo a ser dito sobre se ter um namorado morto, acho – disse Paul. – Quero dizer, você não precisa ficar apresentando-o aos pais, já que eles não podem vê-lo mesmo...

– Craig não é meu namorado – sibilei, com raiva por me ver numa situação em que precisava explicar alguma coisa a Paul Slater. – Eu estou tentando ajudá-lo. Ele apareceu na minha casa ontem...

– Ah, meu Deus. – Paul revirou seus olhos azuis expressivos. – Não é outro daqueles casos de caridade do qual você e o bom padre estão sempre falando...

Falei com alguma indignação:

– Ajudar as almas perdidas a achar o caminho é o meu trabalho, afinal de contas.

– Quem disse isso?

Fiquei sem resposta.

– Bem... só... só *é* – gaguejei. – Quero dizer, o que mais eu deveria fazer?

Paul pegou um lápis numa mesa próxima e começou a resolver, rápida e facilmente, os problemas da minha folha.

– Fico imaginando. Não me parece justo que entreguem à gente esse negócio de mediador no nascimento sem ao menos um contrato ou uma lista de benefícios. Quero dizer, eu nunca assinei um contrato para ser mediador. Você assinou?

– Claro que não – falei, como se isso não fosse uma coisa da qual eu reclamasse, com quase exatamente as mesmas palavras, sempre que via o padre Dominic.

– E como você sabe em que consistem as suas responsabilidades profissionais? Eu sei, você acha que deve ajudar os mortos a ir para o seu destino final porque assim que faz isso eles param de pegar no seu pé, e você pode continuar com a vida. Mas eu tenho uma pergunta. Quem lhe disse que essa era a sua obrigação? Quem lhe disse como isso era feito, ao menos?

Fiquei perplexa na hora. Ninguém tinha me dito isso. Bem, meu pai tinha dito, mais ou menos. E depois uma paranormal que minha melhor amiga, Gina, tinha me apresentado, na cidade onde nasci. E depois o padre Dom, claro...

– Certo – disse Paul, vendo pela minha expressão que aparentemente eu não tinha uma resposta direta. – Ninguém lhe disse. Mas e se eu dissesse que sei? E se eu dissesse que descobri uma coisa, uma coisa que data dos primeiros tempos da comunicação escrita, que descrevia exatamente os mediadores, ainda que não fossem chamados assim na época, e dizendo qual é o verdadeiro propósito deles, para não mencionar as técnicas?

Continuei perplexa diante dele. Paul parecia tão... bem, convincente. E certamente parecia sincero.

– Se você realmente tivesse alguma coisa assim – falei hesitante. – Acho que eu diria... me mostre.

– Ótimo – disse Paul, parecendo satisfeito. – Venha hoje à minha casa depois das aulas, e eu mostro.

Eu me levantei da cadeira tão rápido que praticamente virei-a.

— Não — falei, pegando meus livros e agarrando-os com força diante do coração que batia loucamente, como se quisesse ao mesmo tempo escondê-lo e protegê-lo. — *De jeito nenhum.*

— Hmmm. Foi o que pensei. Você quer saber, mas não quer arriscar sua reputação.

— Não é com minha reputação que eu estou preocupada — informei, conseguindo manter a voz mais ácida do que trêmula. — É com minha vida. Você tentou me matar uma vez, lembra?

Falei essas palavras um pouco alto demais, e notei várias pessoas me olhando curiosamente por cima dos monitores.

Mas Paul só pareceu entediado.

— Não vem com isso de novo. Escute, Suze, eu lhe disse... Bem, acho que não importa o que eu disse. Você vai acreditar no que quiser. Mas, sério, você poderia ter saído de lá quando quisesse.

— Mas Jesse não — rosnei. — Poderia? Graças a você.

— Bem — disse Paul dando de ombros, desconfortável. — Não. Jesse não. Mas, verdade, Suze, você não acha que está exagerando? Puxa, qual é o problema? O cara já está morto...

— Você é um porco — falei, com a voz trêmula dando uma convicção meio fajuta à declaração.

Então comecei a me afastar. Digo que comecei porque não fui muito longe antes que a voz calma de Paul me fizesse parar.

— Ah, Suze. Você não está esquecendo alguma coisa?

Virei a cabeça para encará-lo furiosa.

– Ah, quer dizer, eu me esqueci de dizer para você não falar de novo comigo? Sim.

– Não – disse Paul com um sorriso torto. – Aqueles sapatos ali embaixo não são seus? – Ele apontou para os meus Jimmy Choo, sem os quais eu ia sair da sala. Como se a irmã Ernestine não fosse ter um derrame cerebral se me visse andando descalça pela escola.

– Ah – falei, furiosa porque minha saída dramática tinha sido estragada. – É. – E voltei à mesa para enfiar os pés nos sapatos.

– Antes de ir, Cinderela – disse Paul, ainda sorrindo –, talvez você queira isto. – Ele estendeu meu dever de trigonometria. Dava para ver, com um único olhar, que ele havia terminado tudo e, pelo que se podia presumir, sem erros.

– Obrigada – falei, pegando o caderno, sentindo-me mais sem graça a cada segundo. Quero dizer, por que, exatamente, eu sempre perdia o controle com esse cara? É, ele tinha tentado me matar, e matar o Jesse, uma vez. Pelo menos foi o que pensei. Mas ele ficava dizendo que eu estava errada. E se eu *estivesse* errada? E se Paul não fosse o monstro que eu sempre pensei? E se ele fosse...

E se ele fosse como eu?

– E quanto a esse tal de Craig – acrescentou Paul.

– Paul. – Deixei-me cair na cadeira ao lado dele. Eu tinha sentido o olhar da Sra. Tarentino, a professora designada para supervisionar o laboratório de informática, cravado em mim. Ficar se levantando e sentando de novo no laboratório não era considerada uma coisa adequada, a não ser que você estivesse indo à impressora e voltando.

Mas esse não foi o único motivo para eu ter me sentado de novo. Admito. Também estava curiosa. Curiosa com o que ele diria em seguida. E essa curiosidade era quase mais forte do que o meu medo.

– Sério – falei. – Obrigada. Mas não preciso da sua ajuda.

– Acho que precisa. O que esse tal de Craig quer, afinal de contas?

– O que todo fantasma quer – falei, cansada. – Estar vivo de novo.

– Bem, claro. Quero dizer, o que ele quer além disso?

– Ainda não sei – falei, dando de ombros. – Craig tem uma coisa com o irmão mais novo... acha que ele é que deveria ter morrido. Jesse acha... – parei de falar, subitamente consciente de que Jesse era a última pessoa sobre quem eu queria falar com Paul.

Mas Paul pareceu apenas educadamente interessado.

– Jesse acha o quê?

Vi que era tarde demais para manter Jesse de fora. Suspirei e disse:

– Jesse acha que Craig vai tentar matar o irmão. Você sabe. Por vingança.

– O que, claro, vai levá-lo exatamente a lugar nenhum – disse Paul, sem parecer nem um pouco surpreso. – Quando é que eles vão aprender? Agora, se ele quisesse *ser* o irmão, já seria diferente.

– *Ser* o irmão? – Olhei-o com curiosidade. – O que você quer dizer?

– Você sabe. – Paul deu de ombros. – Transferência de alma. Ocupar o corpo do irmão.

Isso era um pouco demais para uma manhã de terça-feira. Quero dizer, eu já tivera uma noite péssima graças a esse cara. Depois, ouvir uma coisa assim sair de sua boca... bem, só digamos que eu não estava num momento de inteligência máxima, de modo que o que aconteceu depois não pode ser descrito como minha culpa.

– *Ocupar o corpo do irmão?* – ecoei. Eu tinha baixado os livros até ficarem no meu colo. Agora estendi a mão e segurei os braços da cadeira do computador, com as unhas se cravando na espuma barata. – Do que você está falando?

Uma das sobrancelhas escuras de Paul subiu.

– Não soa familiar, hein? O que o bom padre andou ensinando a você? Não muito, aparentemente.

– De que você está falando? Como alguém pode tomar o corpo de outro?

– Eu lhe disse. – Paul se recostou na cadeira e cruzou as mãos na nuca. – Há um monte de coisas que você não sabe em relação a ser um mediador. E muito mais que eu posso lhe ensinar, se você me desse a chance.

Encarei-o. Realmente não fazia idéia do que ele estava falando, com esse negócio de troca de corpo. Parecia algo do canal de ficção científica na TV a cabo. E eu não tinha certeza se Paul estava só jogando conversa fora, alguma coisa, qualquer coisa, para conseguir que eu fizesse o que ele queria.

Mas e se não estivesse? E se houvesse realmente um meio de...

Eu queria saber. Meu Deus, eu queria saber mais do que jamais quis alguma coisa na vida.

– Certo – falei, sentindo o suor que tinha brotado nas palmas das mãos, deixando os braços da cadeira escorregadios com a umidade. Mas não me importava. Meu coração estava na garganta, e mesmo assim eu não me importava. – Certo, eu vou à sua casa depois das aulas. Mas só se você me contar sobre... sobre isso.

Alguma coisa relampejou nos olhos azuis de Paul. Só um brilho, e eu o vi só por um momento antes de aquilo sumir de novo. Era uma coisa animalesca, quase feroz. Eu não podia dizer exatamente o que tinha sido.

Só soube que no minuto seguinte Paul estava sorrindo para mim – sorrindo, e não rindo.

– Ótimo – disse ele. – Eu pego você no portão principal às três. Esteja lá na hora certa, senão eu vou embora sozinho.

Capítulo 8

Claro que eu não ia me encontrar com ele. Quero dizer, apesar de amplas evidências em contrário, não sou estúpida. No passado encontrei várias pessoas em várias situações e me vi, horas depois, amarrada numa cadeira, jogada numa dimensão paralela, forçada a vestir maiôs ou cruelmente maltratada de outras formas. Não ia me encontrar com Paul Slater depois das aulas. Não mesmo.

E acabei indo.

Bom, o que mais eu deveria fazer? A isca era forte demais. Quero dizer, provas documentadas sobre mediadores? Alguma coisa sobre pessoas poderem ocupar o corpo de outras? Nem todos os pesadelos sobre corredores compridos e cheios de névoa do mundo iriam me impedir de finalmente descobrir a verdade sobre o que eu era e o que podia fazer. Tinha passado muitos anos imaginando exatamente isso, para deixar uma oportunidade dessas escapar entre os dedos. Diferente do padre Dominic, eu nunca fui capaz de meramente aceitar as cartas que vinham para a minha mão... Queria saber por que tinham sido dadas a mim, e como. *Tinha* de saber.

E se, para descobrir, eu tivesse de passar um tempo com alguém que regularmente assombrava meu sono, que fosse. Valia o sacrifício.

Ou pelo menos eu esperava que valesse.

Adam e Cee Cee não ficaram contentes com isso, claro. Quando terminou a última aula do dia, eles me encontraram no corredor – eu estava mancando visivelmente, graças aos meu sapatos, mas Cee Cee não notou. Estava ocupada demais consultando a lista que tinha feito na aula de biologia.

– Certo – disse ela. – Temos de ir direto ao Safeway para comprar pincéis atômicos, purpurina, cola e papelão. Adam, sua mãe ainda tem aquelas tachas na garagem, de quando ela fez aquele curso de estofamento Amish? Porque a gente poderia usá-las para os cartazes pedindo votos para Suze.

– Ah... – falei, mancando ao lado deles. – Pessoal.

– Suze, nós podemos levar as coisas à sua casa, para montar? Acho que a gente poderia levar à minha casa, mas vocês conhecem minhas irmãs. Elas provavelmente vão passar de patins por cima.

– Pessoal – falei. – Olha. Eu agradeço isso, e tudo o mais. De verdade. Mas não posso ir com vocês. Já tenho planos.

Adam e Cee Cee trocaram olhares.

— É? — perguntou Cee Cee. — Vamos encontrar o misterioso Jesse, é?

— Ahn. Não exatamente...

Nesse momento Paul passou por nós no corredor. Ele me disse, notando que eu estava mancando:

— Deixa que eu trago o carro até a porta do lado. Assim você não tem de andar até o portão. — E foi andando.

Adam me deu um olhar escandalizado.

— Confraternizando com o inimigo! — exclamou ele. — Que vergonha, moça!

Cee Cee estava igualmente perplexa.

— Você vai sair com *ele*? — Ela balançou a cabeça de modo que os cabelos branco-louros e lisos brilharam. — E Jesse?

— Eu não vou sair com ele — falei desconfortavelmente. — Nós só... estamos trabalhando num projeto juntos.

— Que projeto? — Os olhos de Cee Cee ficaram estreitos por trás das lentes dos óculos. — Para que aula?

— É... — Eu troquei o peso de um pé para o outro, esperando algum alívio dos sapatos cruéis, sem solução. — Não é para a escola. É mais para... para... a igreja.

No momento em que a palavra me saiu da boca eu soube que tinha cometido um erro. Cee Cee não se importaria de ficar sozinha com Adam — de fato, ela provavelmente adoraria — mas não iria me deixar escapar sem um bom motivo.

— *Igreja?* — Cee Cee parecia furiosa. — Você é judia, Suze, para o caso de eu ter de lembrar.

— Bem, tecnicamente, não. Quero dizer, meu pai era, mas minha mãe não é... — Uma buzina soou logo atrás do portão ornamentado perto do qual nós estávamos. – Epa, é o Paul. Tenho de ir. Desculpe.

Então, andando bastante rápido para uma garota que sentia pontadas de dor subindo pelas pernas a cada passo, fui até o conversível de Paul e subi no banco do carona com alívio por estar sentada de novo, sentindo que finalmente iria descobrir uma ou duas coisas sobre quem – ou o quê – eu realmente era...

Mas tinha um sentimento igualmente forte de que não gostaria do que iria descobrir. De fato, parte de mim se perguntava se eu não estaria cometendo o pior erro da minha vida.

Não ajudou muito o fato de Paul, com os óculos escuros e o sorriso fácil, parecer um astro de cinema. Verdade, como é que eu podia ter tantos pesadelos com esse cara que era claramente o sonho de qualquer garota normal? Não deixei de notar os olhares de inveja lançados na minha direção, vindos de todo o estacionamento.

– Por acaso eu mencionei – perguntou Paul, enquanto eu prendia o cinto de segurança – que acho esses sapatos uma coisa?

Engoli em seco. Eu nem sabia o que ele queria dizer. Só podia presumir, por seu tom de voz, que era algo bom.

Eu realmente queria fazer isso? Valia a pena?

A resposta veio lá do fundo... tão fundo que eu percebi que sabia o tempo todo: Sim. Ah, sim.

– Só dirija – falei, com a voz saindo mais rouca do que o normal, porque eu estava tentando não demonstrar o nervosismo.

E ele dirigiu.

A casa aonde me levou era uma impressionante construção de dois andares, na lateral de um penhasco perto da praia de Carmel. Era feita quase toda de vidro, para aproveitar a vista do oceano e do pôr-do-sol.

Paul pareceu notar que eu estava impressionada, já que disse:

– É do meu avô.' Ele queria uma casinha na praia para a aposentadoria.

– Certo – falei, engolindo em seco. A "casinha" do vovô Slater na praia devia ter custado uns cinco milhões de dólares. – E ele não se incomoda em ter alguém dividindo o espaço de repente?

– Está brincando? – Paul deu um risinho enquanto estacionava o carro numa das vagas da garagem para quatro veículos. – Ele mal sabe que eu estou aqui. O cara vive cheio de remédios o tempo todo.

– Paul – falei, desconfortável.

– O quê? – Paul piscou para mim por trás de seus Ray-Bans. – Eu só estou declarando um fato. O velho praticamente vive na cama, e deveria estar num equipamento de suporte à vida, mas fez uma tremenda confusão quando nós tentamos levá-lo para uma clínica. Então, quando eu sugeri me mudar para ficar de olho nas coisas, meu pai concordou. É uma situação sem lado ruim. O velho pode ficar em casa – com enfermeiros para cuidar dele, claro – e eu posso freqüentar a escola dos meus sonhos, a Academia da Missão.

Senti o rosto esquentar, mas tentei manter o tom de voz leve.

– Ah, então seu sonho é freqüentar uma escola católica?

– É, se você estiver lá – disse Paul em tom igualmente leve... mas não tão sarcástico.

Meu rosto ficou imediatamente vermelho como um sorvete com calda de morango. Mantendo-o virado para Paul não notar, falei com afetação:

– Não acho isso uma boa idéia, afinal de contas.

– Relaxa, garota. O enfermeiro do velho está aqui, para o caso de você... sabe... sofrer de alguma dúvida feminina sobre ficar sozinha em casa comigo.

Segui a direção em que Paul estava apontando. No fim de uma entrada de veículos circular estava um Toyota Celica enferrujado. Não falei nada, principalmente porque estava meio pasma com a facilidade com que Paul parecia ter lido minha mente. Eu estivera ali sentada, sofrendo de dúvidas sobre a coisa toda. Não havia exatamente levantado o assunto com meus pais, mas tinha certeza de que não tinha permissão de ir à casa de algum cara enquanto os pais dele não estivessem lá.

Por outro lado, se nesse caso eu não fosse, nunca descobriria o que precisava descobrir – e agora estava convencida de que essa era uma coisa de que eu realmente precisava.

Paul saiu de trás do volante e rodeou até o meu lado do carro, abrindo a porta para mim.

– Você vem, Suze? – perguntou quando eu não me mexi para tirar o cinto de segurança.

– Ah – falei, olhando nervosa para a grande casa de vidro. Ela parecia perturbadoramente vazia, apesar do Toyota.

Paul pareceu ler meu pensamento de novo.

– Quer parar com isso, Suze? – disse ele, revirando os olhos. – Sua virtude não corre perigo da minha parte. Juro que vou manter as mãos longe de você. Isto aqui são negócios. Mais tarde haverá bastante tempo para diversão.

Tentei dar um sorriso tranqüilo, para ele não suspeitar de que não estou acostumada a que as pessoas – certo, os caras – me digam esse tipo de coisa todo dia. Mas a verdade é que, claro, não estou. E fiquei incomodada com o modo como isso fez com que eu me sentisse quando Paul disse. Puxa, eu nem gostava do cara, mas a cada vez que ele dizia algo assim – sugerindo que me achava, não sei, especial – isso me lançava um arrepio pela coluna... e não era uma coisa ruim.

Era isso. *Não era uma coisa ruim.* Que negócio era esse? Puxa, eu nem gosto do Paul. Estou totalmente apaixonada por outro. E, é, Jesse atualmente não dá sinais de compartilhar meus sentimentos, mas não é por causa disso que, de repente, eu vou começar a sair com Paul Slater... não importa o quanto ele seja lindo com seu Ray-Ban.

Saí do carro.

– Decisão sábia – comentou Paul, fechando a porta do veículo.

Havia uma espécie de sensação definitiva na batida daquela porta. Tentei não pensar no que podia estar entrando enquanto seguia Paul pelos degraus de cimento até a larga porta de vidro da casa de seu avô, descalça, com os Jimmy Choos numa das mãos e a bolsa de livros na outra.

Dentro da casa dos Slater estava fresco e silencioso... tão silencioso que não dava para ouvir as ondas batendo a menos de trinta metros abaixo. Quem quer que tivesse decorado aquele lugar tinha um gosto que tendia para o moderno, de modo que tudo parecia liso, novo e desconfortável. A casa, eu imaginei, devia ser gélida de manhã, quando a névoa chegava, já que tudo nela era feito de vidro ou metal. Paul me guiou por uma escada circular, de aço, que ia da porta da frente até a cozinha *hi-tech*, onde todos os instrumentos brilhavam agressivamente.

– Coquetel? – perguntou ele, abrindo a porta de vidro de um armário de bebidas.

– Muito engraçado. Só água, por favor. Onde está seu avô?

– No fim do corredor – disse Paul enquanto pegava duas garrafas d'água com grife, na enorme geladeira Sub-Zero. Ele devia ter notado meu olhar nervoso por cima do ombro, porque acrescentou: – Vá dar uma olhada, se não acredita.

Fui dar uma olhada. Não que eu não confiasse nele... bem, certo, era isso. Mas teria sido muita ousadia dele mentir sobre uma coisa que eu poderia verificar tão facilmente. E o que eu faria se o avô dele não estivesse ali? Quero dizer, de jeito nenhum eu iria embora antes de descobrir o que tinha vindo saber.

Felizmente parecia que eu não precisaria ir embora. Ao ouvir alguns sons fracos, segui-os até um longo corredor de vidro, até chegar a um cômodo em que havia uma televisão *widescreen*, ligada. Diante do aparelho estava um homem muito velho numa cadeira de rodas de aparência muito *hi-tech*. Ao lado da cadeira de rodas, numa cadeira moderna que parecia muito desconfortável, estava um cara meio novo, com uniforme azul de enfermeiro, lendo uma revista. Ele ergueu os olhos quando eu apareci na porta e sorri.

– Oi – disse ele.

– Oi – falei de volta, e entrei hesitante no quarto. Era um belo quarto, com uma das melhores vistas da casa, pelo que imaginei. Tinha sido mobiliado com uma cama hospitalar, com equipamento de soro, estrutura ajustável e estantes de metal onde havia molduras e mais molduras com retratos. Principalmente fotos em preto-e-branco de pessoas dos anos 1940, a julgar pelas roupas.

– Hm – falei ao velho na cadeira de rodas. – Oi, Sr. Slater. Eu sou Suzannah Simon.

O velho não disse nada. Nem afastou o olhar do programa de perguntas e respostas que passava diante dele. Era quase totalmente careca e coberto de manchas de velhice, e estava babando um pouco. O enfermeiro notou isso e se inclinou com um lenço para enxugar a boca do velho.

– Olha só, Sr. Slater – disse o enfermeiro. – A moça bonita disse oi. O senhor não vai dizer oi também?

Mas o Sr. Slater não falou nada. Em vez disso, Paul, que tinha entrado no quarto atrás de mim, falou:

– Como vão as coisas, vovô? Teve outro dia emocionante diante da tela?

O Sr. Slater não deu sinal de notar Paul também. O enfermeiro disse:

— Nós tivemos um dia bom, não tivemos, Sr. Slater? Demos uma bela volta no quintal dos fundos, ao redor da piscina, e colhemos uns limões.

— Fantástico – disse Paul com entusiasmo forçado. Depois pegou minha mão e começou a me arrastar para fora do quarto. Admito que ele não puxou com força. Eu estava achando aquilo bem assustador, e saí de boa vontade. O que diz muito, considerando como me sentia com relação a Paul e tudo mais. Quero dizer, o fato de haver alguém que me assustasse mais do que ele.

— Tchau, Sr. Slater – falei, sem esperar resposta... o que foi uma boa coisa, já que não recebi nenhuma.

No corredor, perguntei em voz baixa:

— O que há com ele? Alzheimer?

— Não – disse Paul, entregando-me uma das garrafas d'água azul-escuras. — Os médicos não sabem exatamente. Ele fica bastante lúcido, quando quer.

— Verdade? – Eu achei difícil acreditar. Em geral as pessoas lúcidas conseguem manter controle sobre a própria saliva. – Talvez ele só esteja... você sabe. Velho.

— É – disse Paul com outro de seus característicos sorrisos amargos. – Provavelmente é isso mesmo. – Depois, sem elaborar mais, abriu uma porta à direita e disse: – É aqui. O que eu queria mostrar a você.

Segui-o até o que, claramente, era seu quarto. Era umas cinco vezes maior do que o meu – e a cama de Paul era umas cinco vezes maior do que a minha. Como o resto da casa, tudo era muito liso e moderno, com muito metal e vidro. Havia até uma mesa de vidro – ou Plexiglas, provavelmente – onde estava um laptop de última geração, novo em folha. No quarto de Paul não havia nenhuma coisa do tipo pessoal que sempre parecia estar espalhada no meu – como revistas, meias sujas, esmalte de unha ou caixas de biscoitos Girl Scout meio comidos. Era como um quarto de hotel muito moderno, muito frio.

– Está aqui – disse Paul, sentando-se na beira da cama do tamanho de um barco.

– É – falei, agora mais amedrontada do que nunca... e não somente porque Paul estava batendo no espaço vazio ao seu lado no colchão. Não, também era o fato de que a única cor no quarto, além da roupa que Paul e eu estávamos usando, era o que eu podia ver pelas enormes janelas panorâmicas: o céu azul, azul, e abaixo o mar azul mais escuro. – Claro que sim.

– Estou falando sério – disse Paul, e parou de bater no colchão como se quisesse que eu sentasse ao lado. Em vez disso enfiou a mão debaixo da cama e puxou uma caixa de plástico transparente, do tipo em que a gente guarda suéteres de lã durante o verão.

Depois de pôr a caixa ao lado dele na cama, Paul tirou a tampa. Dentro havia o que parecia uma quantidade de artigos de jornais e revistas, todos cuidadosamente recortados.

– Verifique estes – disse Paul, desdobrando cuidadosamente um antiqüíssimo artigo de jornal e abrindo-o sobre a colcha cinza-ardósia para que eu visse. Era do *Times* de Londres, e datava de 18 de junho de 1952. Havia a foto de um homem parado diante do que parecia a parede de um túmulo egípcio, cheia de hieróglifos. A manchete sobre a foto e a matéria dizia: *"Teoria de arqueólogo é zombada pelos céticos."*

– O Dr. Oliver Slaski – é esse cara da foto – trabalhou anos para traduzir o texto na parede do túmulo de Tutancamon – explicou Paul. – Ele chegou à conclusão de que no Egito antigo havia um pequeno grupo de xamãs que tinham capacidade de viajar ao reino dos mortos sem, de fato, morrer. Esses xamãs eram chamados, pelo que o Dr. Slaski pôde traduzir, de deslocadores. Eles podiam se deslocar deste plano da existência ao próximo e eram contratados pela família dos mortos como guias para os espíritos, para garantir que seus entes queridos terminassem onde deveriam, em vez de ficar andando sem objetivo pelo planeta.

Eu tinha me sentado na cama enquanto Paul falava, de modo a olhar melhor a foto que ele estava indicando. Antes estivera hesitando em fazer isso – realmente não queria ficar perto de Paul, especialmente considerando a coisa da cama e tudo.

Mas agora mal percebia como estávamos sentados perto. Inclinei-me para a frente, para olhar a foto, até meu cabelo roçar no papel rachado e amarelo.

– Deslocadores – falei, através de lábios que tinham ficado estranhamente frios, como se tivesse posto Carmex neles. Só que não tinha. – O que ele queria dizer era mediadores.

— Não acho.

— Não — falei. Estava me sentindo meio sem fôlego. Bem, você também ficaria, se durante toda a vida tivesse imaginado por que era tão diferente de todo mundo que conhecia, e de repente, um dia, descobrisse. Ou pelo menos encontrasse alguma pista muito importante.

— É exatamente isso que significa, Paul — exclamei. — O arcano nove do baralho do tarô, o eremita, mostra um velho segurando uma lanterna, como esse cara está fazendo — falei, indicando o sujeito no hieróglifo. — Ela sempre aparece quando minhas cartas são lidas. E o eremita é um guia espiritual, alguém que supostamente leva os mortos ao seu destino. E certo, o cara nos hieróglifos não é velho, mas os dois estão fazendo a mesma coisa... Ele certamente quer dizer mediadores, Paul — falei, com o coração martelando contra as costelas. Aquilo era grande. Realmente grande. O fato de haver provas documentadas da existência de pessoas como eu... eu nunca esperava ver uma coisa dessas. Mal podia esperar para contar ao padre Dominic. — *Tem* de ser isso.

— Mas não é só isso que eles eram, Suze — disse Paul, enfiando a mão de novo na caixa de acrílico e pegando um maço de papéis, também amarelados pelo tempo. — Segundo Slaski, que escreveu esta tese a respeito, no Egito antigo havia os médiuns comuns, ou, se você prefere, os mediadores. Mas também havia deslocadores. E isso — disse Paul, me olhando intensamente do outro lado da cama, mas não muito longe, já que estávamos inclinados, separados apenas por uns trinta centímetros, com as páginas da tese do Dr. Slaski entre nós – é o que você e eu somos, Suze. Deslocadores.

De novo senti o arrepio. Que subiu e desceu pela minha coluna, fez os pêlos do meu braço ficarem de pé. Não sei o que era – a palavra, *deslocadores*, ou o modo como Paul dizia. Mas aquilo teve um efeito em mim... um tremendo efeito. Como enfiar o dedo num bocal de lâmpada.

Balancei a cabeça e falei numa voz de pânico:

– Não. Eu, não. Eu sou apenas uma mediadora. Quero dizer, se eu fosse uma deslocadora, não teria de me exorcizar daquela vez...

– Você não precisava ter feito isso – interrompeu Paul, com a voz profunda e calma, comparada ao guincho agudo em que a minha havia se transformado. – Você poderia ter entrado lá e saído sozinha, apenas visualizando o lugar. Podia fazer isso agora mesmo, se quisesse.

Meu queixo caiu. Acima das páginas da tese do Dr. Slaski, notei que os olhos de Paul estavam muito brilhantes. Quase pareciam luzir como olhos de gato. Não dava para saber se ele estava dizendo a verdade ou simplesmente tentando mexer com minha cabeça. Conhecendo Paul, nenhuma das hipóteses teria me surpreendido. Ele parecia sentir prazer em falar as coisas bruscamente e depois ver como a pessoa – certo, como eu – reagia.

– De jeito nenhum – foi como reagi à sua sugestão de que eu era alguma coisa além do que sempre pensei. Ainda que o motivo para eu estar em seu quarto fosse porque, no fundo, sabia que não era.

— Tente — insistiu Paul. — Visualize na cabeça. Você sabe como é o lugar agora.

Claro que sabia. Graças a ele eu tinha ficado presa lá durante os 15 minutos mais longos de minha vida. Ainda estava presa lá, toda noite, nos sonhos. Mesmo agora podia ouvir o coração martelando nos ouvidos enquanto percorria aquele corredor longo e escuro, com a névoa em redemoinhos e depois se dividindo em volta das minhas pernas. Será que Paul realmente achava que, mesmo por um segundo, eu quereria visitar aquele lugar de novo?

— Não — falei. — Não, obrigada...

O sorriso de Paul ficou maroto.

— Não diga que Suze Simon tem medo de alguma coisa. — Seus olhos pareciam brilhar mais do que nunca. — Você sempre age como se fosse imune ao medo, assim como algumas pessoas são imunes à catapora.

— Eu não estou com medo — menti com indignação fingida. — Só não estou com vontade de... como é que se chama mesmo? Ah, é, me deslocar agora. Talvez mais tarde. Neste momento quero perguntar sobre a outra coisa que você falou. A coisa de quando alguém toma conta do corpo de outra pessoa. Transferência de alma.

O sorriso de Paul ficou mais largo.

— Eu achei que isso atrairia sua atenção.

Eu sabia a que ele estava se referindo — ou pensei que sabia, pelo menos. Podia sentir o rosto ficando quente. Mas ignorei as bochechas incandescentes e disse, com o que esperava que parecesse uma indiferença tranqüila:

– Parece interessante. É mesmo possível? – Segurei as páginas amarrotadas da tese que estava entre nós. – O Dr. Slaski fala disso?

– Talvez – disse Paul, pondo a mão sobre as folhas datilografadas de modo que eu não pudesse levantá-las.

– Paul – falei, puxando as folhas. – Só estou curiosa. Quero dizer, você já fez isso? Funciona mesmo? Craig realmente poderia tomar o corpo do irmão?

Mas Paul não queria largar os papéis do Dr. Slaski.

– Mas não é por causa de Craig que você está perguntando, é? – Seus olhos azuis se cravaram em mim. Não havia mais a menor sugestão de sorriso em seu rosto. – Suze, quando você vai entender?

Foi então que finalmente notei como seu rosto estava perto do meu. Só a centímetros de distância. Comecei instintivamente a me afastar, mas os dedos que tinham segurado os papéis do Dr. Slaski subitamente se levantaram e seguraram meu pulso. Olhei a mão de Paul. Sua pele bronzeada parecia muito escura em contraste com a minha.

– Jesse está morto – disse Paul. – Mas isso não significa que você precise agir como se também estivesse.

– Eu não ajo – protestei. – Eu...

Mas não consegui terminar meu pequeno discurso, porque bem no meio dele Paul se inclinou e me beijou.

Capítulo 9

Não vou mentir para você. Foi um beijo bom. Senti até nos coitados dos dedos dos pés cheios de bolhas.

O que não quer dizer que devolvi o beijo. Definitivamente não...

Bem, certo. Pelo menos não muito.

Foi só que, você sabe, Paul beijava muito *bem*. E eu não era beijada há muito tempo. Era bom saber que *alguém*, pelo menos, me queria. Mesmo que esse alguém fosse uma pessoa que eu desprezava. Ou pelo menos alguém que eu tinha bastante certeza de que desprezava.

A verdade é que foi meio difícil lembrar se eu desprezava Paul ou não. Pelo menos enquanto ele me beijava de modo tão completo. Quero dizer, não é todo dia – infelizmente – que há um gato me agarrando e me beijando. Na verdade isso só havia acontecido um punhado de vezes.

E quando Paul Slater fez isso... bem, só digamos que a última coisa que eu esperava era *gostar* disso. Puxa, era o mesmo cara que tinha tentado me matar não fazia muito tempo...

Só que agora ele estava dizendo que isso não era verdade, que eu nunca tinha corrido perigo.

Mas eu sabia que era mentira. Estava correndo bastante perigo – não de ser morta, mas de perder completamente a cabeça por um cara que era ruim para mim em todos os sentidos e ainda pior para o cara que eu amava. Porque era exatamente assim que Paul Slater me deixava sentindo. Como se fosse capaz de fazer qualquer coisa – *qualquer coisa* – para ser beijada por ele mais um pouco.

O que era simplesmente errado. Porque eu não estava apaixonada por Paul Slater. Certo, o cara por quem eu estava apaixonada...

a) estava morto, e

b) aparentemente não tinha um interesse real num relacionamento comigo.

Mas isso não significava que eu achasse que podia me jogar em cima do primeiro gostosão que por acaso aparecesse. Quero dizer, uma garota tem de ter princípios...

Como o de se guardar para o cara de quem ela gosta de verdade, mesmo que por acaso ele seja estúpido demais para perceber que os dois são perfeitos um para o outro.

Assim, mesmo que o beijo de Paul tivesse feito com que eu sentisse vontade de passar o braço pelo seu pescoço e beijá-lo de volta – o que, no calor do momento, eu posso ter feito ou não – isso teria sido errado, errado, ERRADO.

Por isso tentei me afastar.

Só que deixa eu dizer: lembra aquela mão segurando o meu pulso? Era como ferro. *Ferro*.

E pior ainda, graças a eu tê-lo encorajado devolvendo o beijo um pouquinho, metade de seu corpo terminou em cima do meu, pressionando-me na cama e provavelmente amarrotando tremendamente a tese do Dr. Slaski. Sabia que aquilo não estava sendo nada bom para a minha saia Calvin Klein.

Então eu estava com uns oitenta quilos de um cara de 17 anos em cima de mim, o que, você sabe, não é nenhum piquenique, quando não é o cara que você *quer* que esteja em cima de você. Ou mesmo que seja, mas com você fazendo o maior esforço para permanecer fiel a outro... a alguém que, pelo que você saiba, nem mesmo a quer. Mas tanto faz.

Consegui afastar os lábios dos de Paul por tempo suficiente para dizer numa espécie de voz estrangulada, já que ele estava esmagando meus pulmões:

– Me larga.

– Qual é, Suze. Não diga que você não esteve pensando nisso durante toda a tarde – disse ele num tom de voz que, sinto muito dizer, pareceu carregado. De paixão. Ou pelo menos de alguma coisa. Lamento ainda mais dizer que aquele som empolgou cada nervo do meu corpo. Puxa, aquela paixão era *por mim*. Eu, Suze Simon, sobre quem nenhum cara já havia se sentido tão passional. Pelo menos que eu soubesse.

— Na verdade — falei satisfeita em poder responder sendo sincera. — Na verdade, não. Agora saia de cima de mim.

Mas Paul só continuou me beijando — não na boca, porque eu tinha virado a cabeça totalmente para o lado, mas no pescoço e, num determinado momento, numa parte da minha orelha.

— Isso tem a ver com o negócio do diretório estudantil? — perguntou ele entre os beijos. — Porque eu não ligo a mínima para ser vice-presidente da sua turma estúpida. Se está furiosa com isso, basta dizer, e eu abandono a disputa.

— Não, isso não tem nada a ver com o negócio do diretório — falei, ainda tentando arrancar o pulso dos dedos dele e também manter o pescoço longe de sua boca. Seus lábios pareciam ter um efeito curioso na pele da minha garganta. Faziam com que ela parecesse pegar fogo.

— Ah, meu Deus. Não é o Jesse, é? — Eu podia sentir o gemido de Paul reverberar por todo o meu corpo. — Desista, Suze. O cara está *morto*.

— Eu não disse que tinha alguma coisa a ver com Jesse. — Eu parecia na defensiva, mas não me importei. — Você me ouviu dizendo que tinha alguma coisa a ver com o Jesse?

— Não precisava. Está escrito em seu rosto. Suze, pense bem. Aonde a coisa iria dar, com esse cara? Quero dizer, você vai ficar mais velha e ele vai continuar exatamente com a idade que tinha quando bateu as botas. E mais, ele vai levar você ao baile de formatura? E ao cinema? Vocês vão ao cinema juntos? Quem dirige o carro? Quem *paga*?

Agora eu estava realmente furiosa com ele. Mais porque Paul estava certo, claro, do que por qualquer outra coisa. E também porque ele estava presumindo que Jesse ao menos compartilhava meus sentimentos, o que, infelizmente, eu sabia não ser verdadeiro. Por que outro motivo ele ficaria longe de mim com tanta assiduidade nessas últimas semanas?

Então Paul enfiou a faca mais fundo.

– Além disso, se os dois fossem realmente certos um para o outro, você ao menos estaria aqui? E estaria me beijando como beijou há um minuto?

Isso deu resultado. Agora eu estava furiosa. Porque ele estava certo. Era verdade. Ele estava certo.

E isso partiu o meu coração. Pior do que Jesse já havia feito.

– Se você não me largar – falei com os dentes trincados –, eu vou enfiar o dedo no seu olho.

Paul deu um risinho. Mas notei que ele parou de rir quando meu polegar apertou o canto de seu olho.

– Ai! – gritou ele, rolando depressa para longe de mim. – Que diab...

Eu estava de pé e fora da cama mais rápido do que você poderia falar atividade paranormal. Peguei os sapatos, a bolsa e o que restava de minha dignidade e me mandei.

– Suze! – gritou Paul do quarto. – Volta aqui! Suze!

Não prestei atenção. Continuei correndo. Passei pelo quarto do avô – ele ainda estava assistindo a uma velha reprise de *Family Feud* – depois desci a escada circular até a porta da frente.

E teria conseguido chegar se um Hell's Angel de 150 quilos não tivesse se materializado subitamente entre mim e a porta.

Isso mesmo. Num minuto meu caminho estava livre, e no outro estava bloqueado por Bob Motoqueiro. Ou devo dizer, pelo fantasma de Bob Motoqueiro.

– Epa – falei enquanto quase trombava com ele. O cara tinha bigode virado para cima e braços muito tatuados, cruzados diante do peito. Além disso estava (e eu não deveria ter de dizer) muito morto. – De onde você veio?

– Não importa, mocinha – disse ele. – Acho que o Sr. Slater ainda quer trocar uma palavrinha com você.

Ouvi passos no alto da escada e olhei. Paul estava lá, ainda com uma das mãos sobre o olho.

– Suze – disse ele. – Não vá.

– *Capangas?* – gritei para ele, incrédula. – Você tem *capangas* fantasmas para cumprir suas ordens? O que você *é*?

– Eu já disse. Sou um deslocador. Você também. E você está exagerando com relação a isso tudo. Não podemos simplesmente conversar, Suze? Juro que vou manter as mãos longe de você.

– Onde foi que eu ouvi isso antes?

Então, quando Bob Motoqueiro deu um passo ameaçador na minha direção, eu fiz a única coisa que, nas circunstâncias, achei que poderia fazer. Levantei um dos meus Jimmy Choos e bati na cabeça do cara.

Tenho certeza de que esse não é o objetivo para o qual o Sr. Choo desenhou aquele sapato específico. Com um Bob Motoqueiro muito surpreso e incapacitado, foi apenas uma questão de empurrá-lo fora do caminho, abrir a porta e correr feito uma doida. Coisa que fiz, com o maior entusiasmo.

Eu estava disparando pela comprida escada de cimento que ia da porta de Paul até a entrada de veículos quando o ouvi gritando:

— Suze! Suze, volte! Desculpe o que eu falei sobre o Jesse. Não foi a sério.

Virei-me na entrada de veículos, para encará-lo. Lamento dizer que respondi à sua declaração fazendo um gesto grosseiro com o dedo.

— Suze. — Paul tinha tirado a mão do rosto, de modo que pude ver que seu olho não estava pendurado fora da órbita, como eu esperava. Só parecia vermelho. — Pelo menos me deixe levar você para casa.

— Não, obrigada — gritei, parando para calçar os Jimmy Choos. — Prefiro ir andando.

— Suze. São uns oito quilômetros daqui à sua casa.

— Nunca mais fale comigo, por favor — falei, e comecei a andar, esperando que ele não tentasse vir atrás. Porque, claro, se ele viesse, e se tentasse me beijar de novo, havia uma chance muito boa de que eu retribuísse o beijo. Agora eu sabia disso. Sabia muito bem.

Ele não me seguiu. Desci por sua entrada de veículos e saí na estrada diante do mar (criativamente chamada de Scenic Drive) com o que restava de minha auto-estima mais ou menos intacta. Só quando estava fora das vistas da casa de Paul eu arranquei os sapatos e disse o que queria dizer durante todo o tempo em que estava me afastando com o máximo de altivez que pude. E que foi:

— Ai, ai, ai!

Sapatos idiotas. Meus dedos estavam em frangalhos. De jeito nenhum eu poderia andar com aqueles calçados torturadores. Pensei em jogá-los no mar, o que teria sido fácil, considerando que o oceano estava abaixo de mim.

Por outro lado os sapatos custavam seiscentas pratas. Admito que tinha comprado por uma fração disso, mas mesmo assim. A viciada em compras que havia em mim não permitiria um gesto tão disparatado.

Então, segurando os sapatos, comecei a descer descalça até a estrada, mantendo a atenção para pedaços de vidro ou qualquer planta espinhenta que pudesse estar crescendo ao lado da pista.

Paul estivera certo com relação a uma coisa: era uma caminhada de oito quilômetros da casa dele até a minha. Pior, era cerca de um quilômetro e meio da casa dele até a primeira estrutura comercial onde eu talvez achasse um telefone público, do qual poderia sair ligando por aí, para conseguir alguém que me pegasse. Acho que eu poderia ir até uma das casas enormes dos vizinhos de Paul, tocar a campainha e pedir para usar o telefone. Mas isso seria embaraçoso demais, não é? Não, um telefone público. Era disso que eu precisava. E logo acharia um.

Só havia uma falha real no meu plano: o clima. Ah, não me entenda mal. Era um lindo dia de setembro. Não havia uma nuvem no céu.

Esse era o problema. O sol batia implacavelmente sobre a Scenic Drive. Devia fazer pelo menos trinta e poucos graus — ainda que a brisa fresca do mar não deixasse parecer desconfortável. Mas o pavimento sob os pés descalços não era afetado pela brisa. A rua, que parecera confortavelmente quente sob as solas dos pés quando saí disparada da casa muito fria de Paul, na verdade estava quentíssima. Queimando. Tipo capaz de fritar um ovo.

Não havia nada que eu pudesse fazer a respeito, claro. Não podia pôr os sapatos de volta. Minhas bolhas doíam mais do que as solas dos pés. Talvez, se um carro tivesse passado, eu tentasse pedir carona – mas provavelmente não. Estava muito sem graça com minhas dificuldades, para explicá-las a um estranho. Além disso, dada a minha sorte, eu provavelmente pediria carona a um assassino em série e pularia da frigideira – literalmente – para o meio do fogo.

Não. Continuei andando, xingando a mim e à minha estupidez. Como eu podia ser tão idiota a ponto de concordar em ir à casa de Paul Slater? Verdade, a coisa que ele me mostrou sobre os deslocadores foi interessante. E aquela coisa sobre transferência de alma... se realmente isso existisse. Eu nem queria pensar no que significava. Pôr uma alma no corpo de outra pessoa.

Deslocamento, falei comigo mesma. Concentre-se na coisa do deslocamento. Melhor isso, claro, do que a coisa da transferência de alma... ou pior, o tópico ainda mais desagradável de como eu podia ser levada pelos beijos de alguém que não era o cara por quem eu estava apaixonada.

Ou seria que, depois da aparente rejeição de Jesse, eu estava simplesmente aliviada ao ver que era atraente para alguém... mesmo alguém de quem eu não gostava particularmente? Porque eu não gostava de Paul Slater. Não mesmo.

Acho que o fato de ter tido pesadelos com ele nas últimas semanas era prova suficiente disso... não importando o quanto meu coração traiçoeiro pudesse bater quando seus lábios se encostavam nos meus.

A sensação de me concentrar nisso, em vez de nos pés extremamente doloridos, era boa. O progresso era lento, descendo a Scenic Drive sem qualquer proteção do cascalho e, claro, do pavimento quente sob a sola dos pés. Claro, de certo modo eu sentia que a dor era uma punição pelo meu mau comportamento. Certo, Paul tinha me atraído à sua casa com promessas de revelar informações que eu desejava tremendamente. Mas mesmo assim eu deveria ter resistido, sabendo que alguém como ele teria um objetivo oculto.

E esse objetivo provavelmente envolveria minha boca.

O que me irritava era que, durante cerca de um minuto, lá, eu não tinha me importado. Verdade. Eu tinha até *gostado*. Suze má. Suze *muito* má.

Ah, meu Deus. Eu estava ferrada.

E finalmente, depois de cerca de meia hora de passos hesitantes e dolorosos, tive a visão mais linda do mundo: um café à beira do mar. Corri para lá (bem, andei o mais rápido que pude com os pés que pareciam ter sido decepados nos tornozelos) mentalmente fazendo uma lista de para quem eu poderia ligar em segurança, quando chegasse. Mamãe? Nunca. Ela faria perguntas demais e provavelmente me mataria por ter concordado em ir à casa de um garoto que ela não conhecia. Jake? Não. De novo, ele faria perguntas demais. Brad? Não, ele preferiria me deixar perdida, já que me odiava. Adam?

Teria de ser Adam. Era a única pessoa que eu conhecia e que não somente viria todo feliz me pegar mas que adoraria o papel de salvador... para não mencionar que adoraria ouvir como Paul tinha me assediado sexualmente sem depois ter vontade de transformar Paul em picadinho. Adam teria o bom senso de saber que Paul Slater poderia lhe dar um pau em qualquer dia da semana. Eu não mencionaria a Adam, claro, a parte em que eu tinha assediado Paul sexualmente de volta.

O Sea Mist Café – o restaurante para o qual eu estava mancando – era um restaurante chique com mesas do lado de fora e estacionamento com manobrista. Era tarde demais para o almoço e cedo demais para o jantar, de modo que não havia clientes, só os empregados arrumando tudo para a agitação do fim de tarde. Enquanto eu chegava mancando, um garçom estava escrevendo os pratos do dia no quadro-negro perto da porta.

– Ei – falei a ele na minha voz mais animada, menos tipo "olha pra mim, eu sou uma vítima".

O garçom me olhou. Se notou minha aparência desalinhada e descalça, não comentou. Virou-se de novo para o quadro-negro.

– Nós só começamos o serviço do jantar às seis – disse ele.

– Hm... – Vi que seria mais difícil do que eu pensara. – Tudo bem. Só quero usar seu telefone público, se vocês tiverem um.

– Lá dentro – disse o garçom com um suspiro. Depois, com o olhar me examinando sarcasticamente, acrescentou: – não pode entrar sem sapato.

— Eu tenho sapatos — falei, segurando os Jimmy Choos.
— Está vendo?

Ele revirou os olhos e se voltou de novo para o quadro-negro.

Não sei por que o mundo tem de ser tão povoado por tanta gente desagradável. Não sei mesmo. Realmente é preciso um esforço para ser grosseiro. Algumas vezes me espanta a quantidade de energia que as pessoas gastam sendo escrotas.

Dentro do Sea Mist estava fresco e sombreado. Passei mancando pelo balcão, em direção a um pequeno letreiro que tinha visto assim que meus olhos se ajustaram à luz fraca (comparada ao sol chamejante lá fora) que dizia Telefone/Banheiros. Era uma caminhada um tanto longa até o Telefone/Banheiros para uma garota com o que eu tinha certeza de que eram enormes queimaduras de terceiro grau nas solas dos pés. Eu tinha andado a metade do caminho quando ouvi a voz de um cara dizendo o meu nome.

Tive certeza de que era Paul. Bom, quem mais poderia ter sido? Paul tinha me seguido de sua casa e queria pedir desculpas.

E provavelmente dar em cima de mim de novo.

Bem, se ele achava que eu iria perdoá-lo — quanto mais beijá-lo de novo — ia ver só, deixe-me dizer. Bem, na verdade, talvez a parte do beijo...

Não. *Não.*

Virei-me lentamente.

— Eu já disse — falei, mantendo a voz calma com esforço. — Eu não quero falar com você de novo...

Minha voz ficou no ar. Não era Paul Slater que estava atrás de mim. Era o amigo de Jake da faculdade, Neil Jankow. Neil Jankow, o irmão de Craig, parado ali perto do balcão segurando uma prancheta, parecendo mais magro do que nunca... e agora que eu sabia pelo que ele havia passado, mais triste do que nunca também.

– Susan? – disse ele hesitante. – Ah, é você. Eu não tinha certeza.

Fiquei sem reação diante dele. E de sua prancheta. E do barman que estava perto dele, segurando uma prancheta igual. Depois me lembrei do que Neil tinha dito, que seu pai era dono de restaurantes em Carmel. Percebi que o pai de Craig e Neil Jankow devia ser dono do Sea Mist Café.

– Neil – falei. – Oi. É, sou eu, Suze. Como... como você vai?

– Bem – disse Neil, com o olhar indo até meus pés extremamente sujos. – Você... você está bem?

Eu soube imediatamente que a preocupação em sua voz era sincera. Neil Jankow estava preocupado comigo. Eu, uma garota que ele só havia conhecido na véspera. Cujo nome ele nem tinha guardado direito. O fato de que ele pudesse estar tão preocupado comigo enquanto outras pessoas (principalmente Paul Slater, e sim, eu estava disposta a admitir agora, Jesse) podiam ser tão, tão más, me trouxe lágrimas aos olhos.

– Estou legal – falei.

E então, antes que eu pudesse evitar, toda a história saiu num jorro. Nada sobre os fantasmas e a coisa de ser mediadora, claro. Mas o resto, pelo menos. Não sei o que me deu. Eu só estava ali parada no meio do café do pai do Neil, dizendo:

– E então ele veio para cima de mim, e eu disse para ele ficar longe, e ele não quis, por isso eu tive de enfiar o dedo no olho dele, e depois corri, mas meus sapatos estavam doendo muito, e eu tive de tirar, e não tenho um celular de modo que não pude ligar para ninguém e este é o primeiro lugar com telefone público que eu pude achar...

Antes que eu terminasse, Neil estava ao meu lado, guiando-me para o banco mais próximo, junto ao balcão, e fazendo com que eu me sentasse nele. Falou todo nervoso:

– Ei. Ei, agora está tudo bem. – Estava claro que ele não tinha muita experiência em lidar com garotas histéricas. Ficava dando tapinhas no meu ombro e oferecendo coisas, tipo limonada e tiramisu grátis.

– Eu... aceito uma limonada – falei finalmente, exausta com meu recital de sofrimentos.

– Claro. Claro. Jorge, pegue uma limonada para ela, certo?

O barman correu para servir limonada de uma jarra que ele mantinha numa pequena geladeira atrás do balcão. Colocou-a na minha frente, olhando-me com cautela, como se eu fosse uma lunática que poderia começar a declamar poesia New Age a qualquer minuto. Era encorajador saber que essa era a primeira impressão que eu estava causando nas pessoas. Não.

Bebi um pouco de limonada. Estava fria e azeda. Pousei o copo depois de alguns goles e falei a Neil, que estava me olhando preocupado:

– Obrigada. Estou me sentindo melhor. Você é legal.

Neil ficou embaraçado.

– Hm... Obrigado. Olha, eu tenho um celular. Quer emprestado? Você pode ligar para alguém. Talvez para o Jake, sabe?

– Jake? Ah, meu Deus, não. Ele... ele não entenderia.

Neil estava começando a parecer em pânico. Dava para ver que estava louco para se livrar de mim. E quem poderia culpá-lo?

– Certo, certo. Sua mãe, então? Que tal sua mãe?

Balancei a cabeça mais um pouco.

– Não, não. Eu não... Quero dizer, eu não quero que eles saibam como fui estúpida.

Jorge, o barman, falou:

– Sabe, nós praticamente terminamos aqui, Neil. Você pode ir, se quiser...

E levá-la junto. Ele não disse as palavras, mas o tom de voz dava a entender. Estava claro que Neil queria que a garota maluca com pés machucados saísse do seu bar, e rapidinho... tipo antes que os primeiros clientes da noite começassem a chegar.

Neil ficou em pânico. Era muito gratificante saber naquele momento que minha aparência era tão horrorosa a ponto de os caras de faculdade hesitarem em me deixar entrar em seus carros. Verdade. Não posso dizer como apreciei esse fato. Já era suficientemente ruim eu ser chave de cadeia, mas além disso eu parecia uma chave de cadeia com pés ensangüentados e um caso grave de cabelos crespos, graças ao ar salino.

Neil, que tinha pegado o celular, fechou-o e enfiou de novo no bolso de seus jeans Dockers.

– Hmm... – disse ele. – Acho que... sabe? Eu poderia levar você. Se você quiser.

A frase deixou um pouco a desejar, mas não creio que eu pudesse ficar mais agradecida, nem se ele dissesse que conhecia um lugar que vendia Prada por atacado.

– Isso seria muito, muito incrível – falei rapidamente.

Acho que minha fala foi meio efusiva, já que o rosto de Neil ficou rosa como minhas bolhas, e ele se afastou rapidamente. Murmurando que tinha de terminar umas coisas. Eu não me importava. Casa! Ia ganhar uma carona para casa! Nada de telefonemas embaraçosos, nada de andar... Ah, graças a Deus, nada de andar. Não acho que eu conseguiria ficar de pé durante mais um minuto. Só de olhar para os pés eu ficava meio tonta. Estavam quase pretos de sujeira, os band-aids tinham melado e não estavam grudando direito. Lindas feridas soltando líquido brilhavam vermelhas para mim. Eu nem queria olhar o que estava acontecendo nas solas. Só sabia que não podia senti-las mais. Estavam totalmente entorpecidas.

– Esse foi um trabalho péssimo de pedicure – disse uma voz ao meu lado. – Você deveria pedir o dinheiro de volta.

Capítulo 10

Eu nem precisava virar a cabeça para saber quem era.
– Oi, Craig – falei com o canto da boca. Neil e Jorge estavam absorvidos demais com o pedido de bebidas que estavam terminando de discutir, para prestar atenção a mim.

– E então? – Craig se acomodou no banco ao lado do meu. – É assim que os mediadores trabalham? Arrebentam os pés todos, depois conseguem carona com os irmãos dos falecidos?

– Geralmente não – murmurei discretamente.

– Ah. – Craig brincou com uma caixa de fósforos do bar. – Porque eu ia dizer. Sabe? Grande técnica. Realmente está fazendo um progresso fabuloso no meu caso, não é?

Suspirei. Fala sério, depois de tudo que eu tinha passado, não precisava das piadinhas de um defunto.

Mas acho que merecia.

– Como você vai? – perguntei, tentando manter o tom leve. – Sabe, com o negócio de estar morto?

– Ah, tudo bem. Adorando cada minuto.

– Você vai se acostumar – falei, pensando em Jesse.

– Ah, tenho certeza de que vou. – Craig estava olhando para Neil.

Claro que eu deveria ter captado a dica. Mas não captei. Estava envolvida demais nos meus problemas... para não mencionar meus pés.

Então Neil entregou a prancheta a Jorge, apertou a mão dele e se virou para mim.

– Está pronta, Susan?

Não me incomodei em corrigir meu nome. Só assenti e desci do banco do bar. Precisei olhar para garantir que meus pés tinham encostado no chão, porque não podia senti-lo. O chão, quero dizer. A pele embaixo dos pés tinha ficado totalmente dormente.

– Você realmente deu um show – foi o comentário de Craig.

Mas ele, diferentemente do irmão, passou solicitamente um braço pela minha cintura e me guiou para a porta, onde Neil estava esperando, com as chaves do carro.

Devo ter parecido especialmente estranha enquanto me aproximava – eu estava apoiando parte do peso em Craig, o que deve ter me dado uma aparência esquisita, já que, claro, Neil não podia ver Craig – porque Neil falou:

– Hm, Susan, você tem certeza de que quer ir direto para casa? Talvez fosse bom dar um pulinho na emergência do hospital...

— Não, não — falei tranqüilamente. — Estou bem.

— Certo — zombou Craig no meu ouvido.

Mesmo assim, com sua ajuda, consegui chegar ao carro de Neil. Como Paul, Neil tinha um BMW conversível. Diferentemente do de Paul, o de Neil parecia ser de segunda mão.

— Ei! — gritou Craig ao ver o veículo. — Esse é o *meu* carro!

Imaginei que essa era a reação natural de um cara que encontrasse o carro com outro. Sem dúvida Jake teria dito a mesma coisa. E repetiria sem parar.

Craig superou a indignação por tempo suficiente para me colocar no banco da frente. Eu estava para lhe dar um sorriso agradecido quando ele pulou no banco de trás. Mesmo então, claro, eu não deduzi. Só presumi que Craig queria ir junto. Por que não? Ele não tinha nada melhor a fazer, pelo que eu soubesse.

Neil ligou o motor, e Kylie Minogue começou a uivar no CD player.

— Não posso acreditar que ele está ouvindo esse lixo — disse Craig enojado no banco de trás. — No *meu* carro.

— Eu gosto dela — falei meio na defensiva.

Neil me olhou.

— Você disse alguma coisa?

Percebendo o que tinha feito, falei rapidamente que não.

— Ah.

Sem outra palavra — aparentemente ele não era muito conversador — Neil tirou o carro do estacionamento do Sea Mist Café e foi pela Scenic Drive em direção ao centro de

Carmel, através do qual tínhamos de passar para voltar à minha casa. Passar pelo centro de Carmel nunca foi fácil, porque geralmente está apinhado de turistas, e os turistas nunca sabiam onde estavam indo, porque nenhuma rua tinha nome... nem sinais de trânsito.

Mas pode ser especialmente perigoso passar pelo centro de Carmel quando por acaso há um fantasma homicida no banco de trás.

Não percebi imediatamente, claro. Estava tentando fazer, você sabe, um pouco de mediação. Achei que, enquanto estivesse com os dois irmãos juntos, poderia tentar resolver as coisas entre eles. Na ocasião não fazia idéia de como o relacionamento deles tinha se desintegrado, claro.

– Então, Neil – falei em tom ameno, enquanto seguíamos pela Scenic Drive a uma boa velocidade. A brisa do oceano sacudia meu cabelo e dava uma sensação deliciosamente fresca depois do modo como o sol tinha me golpeado antes. – Ouvi falar do seu irmão. Sinto muito.

Neil não afastou o olhar da estrada. Mas vi seus dedos apertando o volante.

– Obrigado – foi tudo que ele disse em voz baixa.

Geralmente é considerado grosseiro se meter nas tragédias pessoais dos outros – particularmente quando a vítima da tal tragédia não foi quem puxou o assunto – mas, para um mediador, ser grosseiro faz parte do serviço. Falei:

– Deve ter sido medonho lá no barco.

– Catamarã – Craig e Neil me corrigiram ao mesmo tempo. Craig em tom de desprezo, Neil gentilmente.

— Quero dizer, catamarã. Quanto tempo você ficou agarrado? Umas oito horas?

— Sete — disse Neil em voz baixa.

— Sete horas — falei. — É muito tempo. A água devia estar bem fria.

— Estava — disse Neil. Ele era claramente um homem de poucas palavras. Mas não permiti que isso me dissuadisse da missão.

— E, pelo que eu soube, seu irmão era campeão de natação ou algo do tipo, não é?

— Claro que sim — disse Craig no banco de trás. — Ganhei o cam...

Levantei a mão para silenciá-lo. Não era Craig que eu queria ouvir naquele momento.

— Campeão de natação — disse Neil, com a voz não muito mais alta do que o ronronar do motor do BMW. — Campeão de vela. É só dizer o nome de qualquer esporte, Craig era melhor do que qualquer um.

— Está vendo? — Craig se inclinou para a frente. — *Está vendo? Ele* é que deveria estar morto. Não eu. Até ele admite!

— Shhh — falei com Craig. Para Neil, disse: — Isso deve ter surpreendido as pessoas, então. Quero dizer, quando você sobreviveu ao acidente, e Craig não.

— Desapontado as pessoas, isso sim — murmurou Neil. Mesmo assim eu ouvi.

E Craig também.

Ele se recostou de novo no banco, parecendo triunfante.

— Não disse?

– Tenho certeza de que seus pais estão tristes com a perda do Craig – falei, ignorando o fantasma no banco de trás. – E você vai ter de dar um tempo a eles. Mas eles estão felizes em não ter perdido você, Neil. Você sabe que sim.

– Não estão – disse Neil em tom casual, como se estivesse falando que o céu é azul. – Eles gostavam mais do Craig. Todo mundo gostava. Eu sei o que eles estão pensando. O que todo mundo está pensando. Que deveria ter sido eu. Que eu é que deveria ter morrido. Não o Craig.

Craig se inclinou para a frente de novo.

– Está vendo? – disse ele. – Até Neil admite. Ele é que deveria estar aqui atrás, não eu.

Mas agora eu estava mais preocupada com o irmão vivo do que com o morto.

– Neil, você não pode estar falando sério.

– Por que não? É a verdade.

– Não é verdade – falei. – Há um motivo para você ter sobrevivido, e Craig não.

– É – disse Craig sarcasticamente. – Alguém fez confusão. Uma tremenda confusão.

– Não – falei balançando a cabeça. – Não é isso. Craig bateu a cabeça. Pura e simplesmente. Foi um acidente, Neil. Um acidente que não foi sua culpa.

Por um momento Neil pareceu alguém sobre quem o sol tinha começado a brilhar depois de meses de chuva... como se mal ousasse acreditar.

– Você realmente acha? – perguntou ansioso.

– Totalmente. É só isso.

Mas enquanto essa notícia parecia ter feito Neil ganhar o dia – possivelmente a semana – ela fez com que Craig desse um muxoxo.

– O que é isso? – perguntou ele. – Neil é que deveria ter morrido! Não eu!

– Parece que não – falei suficientemente baixo para que só Craig pudesse ouvir.

Mas essa não foi a resposta certa. Não porque não fosse verdade – porque era – mas porque Craig não gostou. Craig não gostou nem um pouquinho.

– Se eu tenho de estar morto – declarou Craig – *ele* também deve estar.

E com isso ele saltou para a frente e agarrou o volante.

Neil estava dirigindo por uma rua particularmente bonita, sombreada por árvores e apinhada de turistas. Galerias de arte e lojas com colchas de retalhos (do tipo que faziam minha mãe guinchar de deleite, e que eu evitava como se fosse a peste) ladeavam-na. Estávamos indo a passo de lesma porque havia um *motor home* na nossa frente e um ônibus de turistas na frente dele.

Mas quando Craig agarrou o volante, a traseira do *motor home* pareceu subitamente enorme no nosso campo de visão. Isso porque Craig também tinha conseguido passar uma perna por cima do banco de trás e enfiar o pé em cima do de Neil, no acelerador, coisa que Neil não pôde sentir. Ele só sabia que não tinha apertado o pedal. Se Neil não tivesse reagido pisando no freio com o outro pé – e se eu não tivesse mergulhado no meio da confusão, puxando o volante para o outro lado – nós teríamos ido direto na traseira daquele veículo – ou pior, num monte de turistas na calçada – matando-nos, para não mencionar que levaríamos juntos alguns pedestres.

– O que há de errado com você? – gritei para Craig.

Mas foi Neil que respondeu, abalado:

– Não fui eu, juro. O volante virou sem que eu fizesse nada...

Mas eu não estava ouvindo. Estava gritando com Craig, que parecia tão pasmo quanto Neil com o que tinha acontecido. Ele ficou olhando para as mãos, como se elas tivessem agido sozinhas, ou algo assim.

– Nunca mais faça isso – gritei para ele. – Nunca mais! Entende?

– Desculpe – exclamou Neil. – Mas não foi minha culpa, eu juro.

Com um pequeno gemido doloroso, Craig de repente tremeluziu e desapareceu. Assim. Desmaterializou-se, deixando Neil e eu para lidar com a confusão.

Que felizmente não foi tão ruim. Quero dizer, um monte de gente estava olhando para nós, porque tínhamos parado no meio da rua e gritado feito doidos. Mas nenhum de nós estava machucado – e ninguém mais, felizmente. Nem havíamos encostado na traseira do *motor home*. Um segundo depois ele começou a se adiantar, e nós fomos atrás, com o coração na garganta.

– É melhor eu levar este carro para a revisão – disse Neil, segurando o volante com os dedos brancos. – Talvez tenha de trocar o óleo, ou algo assim.

— Ou algo assim — falei. Meu coração estava martelando nos ouvidos. — Seria boa idéia. Talvez você devesse começar a andar de ônibus durante um tempo. — Ou até eu deduzir o que fazer com seu irmão, acrescentei mentalmente.

— É — disse Neil em voz débil. — Talvez o ônibus não seja tão ruim.

Não sei quanto ao Neil, mas eu ainda estava meio abalada quando ele parou na frente da minha casa. Tinha sido um dia e tanto. Não era sempre que eu ganhava um beijo de língua e era quase assassinada no decorrer de apenas algumas horas.

Mesmo assim, apesar de como me sentia, quis dizer alguma coisa a Neil, algo que o encorajasse a não ficar tão deprimido por ser o irmão sobrevivente... e também para colocá-lo de guarda contra Craig, que tinha parecido mais furioso do que nunca quando desaparecera há alguns minutos.

Mas na hora só consegui um débil "Bem. Obrigada pela carona".

Verdade. Foi isso. Obrigada pela carona. Não é de espantar que eu estivesse ganhando todos aqueles prêmios de mediação. Não.

No entanto Neil não parecia estar prestando muita atenção. Aparentemente só queria se livrar de mim. E por que não? Quero dizer, que rapaz de faculdade quer ficar com uma garota de segundo grau, meio maluca, com bolhas gigantes nos pés? Nenhum, que eu saiba.

No minuto em que eu tinha saído do carro ele partiu para longe de nossa entrada de veículos cheia de sombras, ladeada por pinheiros, aparentemente sem se preocupar com o acidente que quase tinha sofrido há alguns instantes.

Ou talvez estivesse tão feliz por se livrar de mim que nem se incomodou com o que tinha lhe acontecido no carro.

Só sei que ele foi embora, me deixando com a caminhada comprida, comprida, até a porta da frente.

Não sei como consegui chegar. Não mesmo. Mas indo lentamente – como uma mulher muito, muito velha – subi a escada até a varanda, depois passei pela porta.

– Estou em casa – gritei, para o caso de haver alguém que se importasse. Só Max veio correndo me cumprimentar, me farejando inteira com a esperança de eu ter comida escondida nos bolsos. Como não tinha, ele foi logo embora, me deixando para subir a escada até o quarto.

Subi, agonizando passo a passo. Demorei, sei lá, uns dez minutos. Normalmente eu subia correndo de dois em dois degraus. Hoje não.

Sabia que teria de dar um monte de explicações quando encontrasse finalmente alguém além de Max. Mas a pessoa que eu menos queria encarar seria, eu tinha certeza, a primeira que iria ver: Jesse. Jesse provavelmente estaria no meu quarto quando eu entrasse mancando. Jesse que, para começar, não entenderia o que eu estava fazendo na casa de Paul Slater. Jesse, de quem eu achava difícil esconder o fato de que tinha acabado de bancar o desentupidor de pia com outro cara.

E disso eu meio que gostei.

Era culpa de Jesse, falei comigo mesma, parada com a mão na maçaneta. O fato de eu ter saído e ficado com outro cara. Porque se Jesse tivesse me mostrado o mínimo fiapo de afeto nessas últimas semanas, eu jamais ao menos consideraria retribuir o beijo de Paul Slater. Nem em um bilhão de anos.

É, era isso. Era tudo culpa de Jesse.

Não que eu fosse lhe dizer isso, claro. De fato, se eu pudesse evitar, nem tocaria no nome de Paul. Precisava inventar alguma história – qualquer história que não fosse a verdade – para explicar meus pobres pés dilacerados...

...para não mencionar os lábios machucados.

Mas, para meu alívio, quando abri a porta do quarto Jesse não estava. Spike estava sentado no parapeito da janela, lavando-se. Mas não seu dono. Não desta vez.

Graças a Deus.

Joguei longe a sacola de livros e os sapatos e fui para o banheiro. Eu tinha uma coisa e apenas uma coisa em mente: lavar os pés. Talvez eles só precisassem de uma limpeza bem-feita. Talvez, se eu os encharcasse por tempo suficiente em água quente com sabão, parte da sensação neles voltaria...

Abri as torneiras totalmente, pus o tampão no ralo e, sentando-me na beira da banheira, passei os pés dolorosamente por cima e enfiei na água.

Durante um ou dois segundos ficou tudo bem. De fato, foi um alívio.

Então a água acertou nas bolhas, e eu quase dei uma cambalhota de dor. Nunca mais, prometi, agarrando a lateral da banheira num esforço para não desmaiar. Nunca mais sapatos de grife. De agora em diante, para mim era estritamente Aerosoles. Não importava que fossem horrendos. Nem mesmo ficar bonita valia isso.

A dor diminuiu o suficiente para eu fazer uma tentativa com uma barra de Cetaphil e uma esponja. Só quando eu tinha esfregado suavemente durante quase cinco minutos consegui tirar a última camada de sujeira e vi porque as solas dos pés estavam tão insensibilizadas. Porque estavam cobertas – literalmente cobertas – de bolhas vermelhas, algumas cheias de sangue e todas ficando maiores a cada minuto. Percebi, com horror, que iriam se passar dias – talvez até uma semana – antes que o inchaço diminuísse o bastante para eu andar normalmente de novo, quanto mais calçar sapatos.

Eu estava ali sentada xingando Paul Slater (para não mencionar Jimmy Choo) feito uma doida quando ouvi Jesse falar um palavrão que, mesmo sendo em espanhol, queimou meus ouvidos.

Capítulo 11

—*Mi hermosa*, o que você fez?

Jesse estava ao lado da banheira olhando meus pés. Eu havia tirado toda a água suja e enchido a banheira de novo para enfiá-los dentro, de modo que era bem fácil ver as bolhas furiosas através da água transparente.

– Sapatos novos – falei. Era toda a explicação em que eu podia pensar no momento. O fato de que tivera de fugir descalça de um predador sexual não parecia o tipo de coisa que cairia bem com Jesse. Quero dizer, eu não queria exatamente ser motivo de duelos, ou coisa do tipo.

É, é, eu sei: eu queria.

Mesmo assim, ele tinha me chamado de *hermosa* de novo. Isso tinha de significar alguma coisa, não é?

Só que Jesse provavelmente chamava as irmãs de *hermosa*. Talvez até a mãe.

– Você fez isso consigo mesma *de propósito*? – Jesse estava olhando meus pés numa descrença absoluta.

– Bem. Não exatamente. – Só que em vez de lhe contar sobre Paul e nossos beijos clandestinos em sua colcha cinza-escura, falei a uns cem quilômetros por minuto: – É só que eram sapatos novos, e me deram bolhas, e então... e então eu perdi a carona para casa, e tive de andar, e os pés doíam tanto que eu tirei os sapatos, e acho que a calçada estava quente por causa do sol, já que queimou a sola dos pés...

Jesse ficou sério. Sentou-se na borda da banheira ao meu lado e disse:

– Deixe-me ver.

Eu não queria mostrar meus pés terrivelmente desfigurados ao cara por quem estava loucamente apaixonada desde o dia em que o conheci. Especialmente não queria que ele os visse, considerando que ele não sabia que eu os tinha queimado num esforço de me afastar de um cara com quem não deveria estar.

Por outro lado, a gente deveria poder ir à casa dos garotos sem que eles pulassem em cima, beijassem a gente e fizessem com que a gente tivesse vontade de retribuir o beijo. Tudo era meio complicado, até para mim, e eu sou uma jovem moderna com sensibilidades do século XXI. Só Deus sabia o que um fazendeiro de 1850 acharia disso tudo.

Mas pude ver, pela expressão de Jesse, que ele não iria me deixar em paz enquanto eu não lhe mostrasse meus pés estúpidos. Por isso falei, revirando os olhos:

– Quer ver? Ótimo. Pode desmaiar.

E tirei o pé direito da água e mostrei.

Eu esperava no mínimo alguma expressão de nojo. Tinha certeza de que logo em seguida viria uma bronca pela estupidez – como se eu não me sentisse suficientemente idiota.

Mas, para minha surpresa, Jesse não me deu uma bronca nem pareceu enojado. Simplesmente examinou meu pé com o que eu descreveria como um distanciamento quase clínico. Quando terminou de olhar o pé direito, falou:

– Deixe-me ver o outro.

Por isso eu pus o direito de volta na água e tirei o esquerdo.

De novo nada de nojo nem um grito do tipo "Suze, como você pôde ser tão estúpida?" O que não era muito surpreendente, já que Jesse nunca me chama de Suze. Em vez disso examinou o pé esquerdo tão cuidadosamente como tinha feito com o direito. Ao terminar, inclinou-se para trás e disse:

– Bem, eu já vi coisa pior... mas pouco pior.

Fiquei chocada.

– Você já viu pés piores do que isso? – exclamei. – Onde?

– Eu tinha irmãs, lembra? – disse ele, com os olhos escuros iluminados com alguma coisa. Eu não chamaria de diversão, porque, claro, meus pés não eram motivo de riso. Jesse não ousaria rir deles... ousaria? – De vez em quando elas ganhavam sapatos novos, com resultados semelhantes.

– Eu nunca vou andar de novo, vou? – perguntei, olhando espantada para os pés devastados.

– Vai. Só que não por um ou dois dias. Essas queimaduras parecem muito dolorosas. Vão precisar de manteiga.

– Manteiga? – Franzi o nariz.

– O melhor tratamento para queimaduras assim é manteiga.

– Argh – falei. – Talvez em 1850. Agora nós contamos com o poder curativo do Neosporin. Há um tubo disso no meu armário de remédios, atrás de você.

Então Jesse aplicou Neosporin em meus ferimentos. Quando terminou de colocar as bandagens nos pés – que, devo dizer, ficaram muito atraentes com uns 68 band-aids – eu tentei me levantar.

Mas não por muito tempo. Não doía, exatamente. Era só que a sensação era estranha, como se eu estivesse andando sobre cogumelos...

Cogumelos que cresciam nas solas dos meus pés.

– Já chega – disse Jesse. Quando notei, ele havia me pegado no colo.

Só que em vez de me carregar até a cama e me acomodar nela romanticamente, você sabe, como os caras fazem com as garotas nos filmes, ele simplesmente me largou nela, por isso eu ricocheteei e teria caído se não agarrasse a borda do colchão.

– Obrigada – falei, não conseguindo afastar o sarcasmo da voz.

Jesse pareceu não notar.

– Sem problema – disse ele. – Quer um livro ou alguma outra coisa? Seu dever de casa? Ou eu poderia ler para você...

Ele levantou a *Teoria crítica desde Platão*.
– Não – falei apressadamente. – O dever de casa serve. Só me entregue a sacola de livros, obrigada.

Eu estava profundamente absorvida na redação sobre a Guerra Civil – ou pelo menos era o que fingia estar fazendo. O que fazia de verdade, claro, era tentar não pensar em Jesse, que estava lendo no banco perto da janela. Eu imaginava como seria se ele me desse uns dois beijos como os de Paul. Quero dizer, se a gente pensasse bem, eu estava numa posição bem interessante, considerando que não podia andar. Quantos caras teriam adorado ter uma garota basicamente presa no quarto? Um monte. Menos Jesse, claro. Finalmente Andy me chamou para o jantar.

Mas eu não iria a lugar nenhum. Não porque queria ficar olhando Jesse ler mais um pouco, mas porque realmente não podia ficar de pé. Finalmente David subiu para ver por que eu estava demorando tanto. Assim que viu os band-aids, desceu a escada correndo para chamar minha mãe.

Preciso dizer que minha mãe foi bem menos compreensiva do que Jesse? Disse que eu merecia cada bolha, por ser tão imbecil a ponto de usar sapatos novos para ir à escola sem antes amaciá-los. Depois andou pelo meu quarto, arrumando-o (se bem que desde que arranjei um colega de quarto do tipo quente e latino, eu me tornei bastante consciente quanto a manter o quarto em condições bastante boas. Quero dizer, eu não quero exatamente que Jesse veja nenhum dos meus sutiãs caídos por aí. E para dizer a verdade, ele é que vivia desarrumando as coisas, deixando aquelas enormes pilhas de livros e caixas de CDs abertas em toda parte. E, claro, havia Spike).

— Honestamente, Suzinha — disse mamãe, franzindo o nariz ao ver o enorme gato laranja esparramado no banco da janela. — Esse gato...

Jesse, que educadamente tinha se desmaterializado quando mamãe apareceu, para me permitir alguma privacidade, ficaria muito perturbado ao ver seu bicho de estimação depreciado daquele jeito.

— Como vai a paciente? — quis saber Andy, aparecendo na porta com uma bandeja contendo salmão grelhado com endro e *crème fraîche*, sopa de pepino fria e pão de fermento azedo assado na hora. Sabe, por mais que eu tivesse ficado infeliz com a perspectiva de mamãe se casar e me obrigar a mudar para o outro lado do país e adquirir três meios-irmãos, eu tinha de admitir que a comida fazia tudo valer a pena.

Bem, a comida e Jesse. Pelo menos até recentemente.

— Ela definitivamente não vai poder ir à escola amanhã — disse mamãe, balançando a cabeça desanimada diante da visão dos meus pés. — Quero dizer, olha só, Andy. Você acha que vamos ter de levá-la... não sei... a uma clínica?

Andy se curvou e olhou meus pés.

— Não sei se eles poderiam fazer mais alguma coisa — disse ele, admirando o admirável trabalho de Jesse com as bandagens. — Parece que ela se cuidou muito bem.

– Sabe do que eu provavelmente preciso de verdade? – falei. – De umas revistas, umas seis Diet Cokes e um daqueles chocolates bem grandes.

– Não pressione, moça – disse minha mãe com severidade. – Você não vai ficar de preguiça na cama amanhã o dia inteiro como uma bailarina machucada. Vou ligar para o Sr. Walden esta noite e me certificar de que ele mande todo o seu dever de casa. E tenho de dizer, Suze, que estou muito desapontada. Você é velha demais para esse tipo de absurdo. Poderia ter ligado para mim no trabalho, você sabe. Eu teria ido buscá-la.

Ah, é. E então ela descobriria que eu não estava andando da escola para casa, como disse a todo mundo, mas da casa de um cara que tinha um Hell's Angel morto trabalhando para ele e que, sim, tinha tomado atitudes para cima de mim com o avô babando no quarto ao lado. Atitudes às quais, pelo menos até certo ponto, eu tinha sido recíproca.

Não, obrigada.

Entreouvi Andy, enquanto os dois saíam do meu quarto, dizer baixinho a mamãe:

– Você não acha que pegou meio pesado com ela? Acho que ela aprendeu uma lição.

Mas mamãe não respondeu a Andy baixinho. Não, ela queria que eu ouvisse:

– Não, não acho que peguei pesado com ela. Ela vai para a faculdade daqui a dois anos, Andy, e vai morar sozinha. Se este é um exemplo do tipo de decisões que ela vai tomar, estremeço só de pensar o que vem por aí. De fato acho que devemos cancelar nossos planos de sair na noite de sexta-feira.

– Nem pensar – ouvi Andy falando muito enfaticamente na base da escada.

– Mas...

– Nada de mas. Nós vamos.

E então não pude ouvir mais.

Jesse, que tinha se rematerializado no fim disso tudo, estava com um sorrisinho no rosto, tendo claramente ouvido.

– Não é engraçado – falei, azeda.

– É um pouco engraçado.

– Não. Não é.

– Acho que está na hora de um pouco de leitura em voz alta – disse Jesse abrindo o livro que o padre Dom tinha emprestado.

– Não – gemi. – *Teoria crítica desde Platão*, não. Por favor, eu imploro. Não é justo. Eu nem posso fugir para longe.

– Eu sei – disse Jesse com um brilho nos olhos. – Finalmente eu tenho você onde quero...

Tenho de admitir que minha respiração meio que ficou presa na garganta quando ele disse isso.

Mas claro que ele não queria dizer o que eu queria que ele quisesse dizer. Só quis dizer que agora poderia ler seu livro estúpido em voz alta, e eu não teria como escapar.

– Ha-ha – falei em voz marota, para encobrir o fato de que achava que ele queria dizer outra coisa.

Então Jesse levantou um exemplar da *Cosmopolitan* que ele tinha escondido entre as páginas da *Teoria crítica desde Platão*. Enquanto eu o olhava embasbacada, ele disse:

— Peguei emprestada no quarto da sua mãe. Ela não vai sentir falta durante um tempo.

Em seguida jogou a revista na minha cama.

Quase engasguei. Quero dizer, foi a coisa mais legal – a mais legal – que alguém me fazia há séculos. E o fato de que Jesse – Jesse, que eu tinha me convencido de que me odiava – havia feito isso me deixou positivamente de quatro. Seria possível que ele não me odiasse? Quero dizer, eu sei que Jesse gosta de mim. Por que outro motivo ele viveria salvando minha vida e coisa e tal? Mas era possível que gostasse de mim daquele modo especial? Ou só estava sendo gentil porque eu tinha me machucado?

Não importava. Pelo menos naquela hora. O fato de Jesse não estar me ignorando, para variar – qualquer que fosse o motivo – era o que importava.

Toda feliz, comecei a ler uma matéria sobre sete modos de agradar a um homem, e nem me importei de não ter um – quero dizer, um homem. Porque finalmente parecia que, independentemente de qualquer esquisitice que tivesse existido entre Jesse e mim desde o dia daquele beijo – aquele beijo breve demais, aquele beijo de despedaçar os sentidos – ela estava indo embora. Talvez agora as coisas voltassem ao normal. Talvez agora ele começasse a perceber como tinha sido estúpido. Talvez agora ele finalmente pusesse na cabeça que precisava de mim. Mais do que precisava. Me queria.

Tanto quanto, agora eu sabia sem qualquer dúvida, Paul Slater.

Ei, uma garota pode sonhar, não pode?

E foi exatamente isso que eu fiz. Durante 18 horas abençoadas sonhei com uma vida onde o cara de quem eu gostava também gostava de mim. Tirei da cabeça todos os pensamentos sobre mediação – deslocamento e transferência de alma, Paul Slater e o padre Dominic, Craig e Neil Jankow. A última parte era fácil – eu pedi a Jesse para ficar de olho em Craig para mim, e ele concordou de boa vontade.

E não vou mentir: foi ótimo. Nenhum pesadelo onde eu era perseguida em corredores compridos e cheios de névoa em direção a uma queda sem fundo. É, não foi como naqueles antigos dias pré-beijo, mas chegou perto. Mais ou menos. Até o dia seguinte, quando o telefone tocou.

Atendi, e a voz de Cee Cee guinchou para mim, alta o bastante para eu ter de segurar o fone longe da cabeça:

– Não posso acreditar que você decidiu tirar o dia de folga – arengou Cee Cee. – Logo hoje! Como você pôde, Suze? A gente tinha tanta coisa da campanha para fazer!

Demorei alguns segundos até perceber do que ela estava falando. Depois disse:

– Ah, você quer dizer, a eleição? Cee Cee, olha, eu...

– Puxa, você deveria ver o que Kelly está fazendo. Está distribuindo chocolate. Chocolate! Com Vote em Prescott/Slater no papel de embrulho! Certo? E o que você está fazendo? Ah, está de preguiça na cama porque os pés estão doendo, se o que o seu irmão disse é verdade.

– Meio-irmão – corrigi.

– Tanto faz. Suze, você não pode fazer isso comigo. Não me importa o que você faça, calce pantufas de coelhinho se quiser, mas venha aqui e seja charmosa como sempre.

– Cee Cee – falei. Era meio difícil me concentrar porque Jesse estava perto. Não somente perto, mas me tocando. E, tudo bem, apenas trocando os band-aids nos meus pés, mas mesmo assim me distraía. – Olha, eu tenho certeza de que não quero ser vice-presidente...

Mas Cee Cee não queria ouvir.

– Suze – gritou ela no celular de Adam. Eu sabia que ela estava usando o celular de Adam e que estava no intervalo do almoço, porque podia ouvir o som de gaivotas gritando; as gaivotas vão em bandos para o pátio da escola durante o almoço, esperando agarrar alguma batata frita. E também pude ouvir Adam ao fundo, animando-a. – Já é suficientemente ruim que Kelly Cérebro-de-Laquê Prescott seja eleita presidente de nossa turma todo ano. Mas pelo menos quando você foi eleita vice-presidente no ano passado houve algum fiapo de dignidade no cargo. Mas se aquele garoto rico de olhos azuis for eleito... puxa, ele não passa de um peão da Kelly! Ele não se importa! Vai fazer o que Kelly mandar.

Cee Cee tinha acertado uma coisa: Paul não se importava. Pelo menos não com a turma na Academia da Missão Junipero Serra. Eu não sabia o quê, exatamente, importava a Paul, já que certamente não era sua família ou o trabalho como mediador. Mas uma coisa que ele definitivamente não iria fazer era levar a sério o cargo de vice-presidente.

— Escute, Cee Cee. Eu sinto muito. Mas ferrei mesmo os meus pés e realmente não posso andar. Talvez amanhã.

— Amanhã? — guinchou Cee Cee. — A eleição é na sexta! A gente só vai ter um dia de campanha!

— Bem, talvez você pudesse concorrer no meu lugar.

— *Eu?* — Cee Cee pareceu enojada. — Em primeiro lugar, eu não fui devidamente indicada. E, segundo, eu nunca vou mudar o voto masculino. Puxa, encaremos os fatos, Suze. Você é que tem beleza e cérebro. Você é a Reese Witherspoon da nossa turma. Eu sou mais tipo... Dick Cheney.

— Cee Cee, você está se subestimando muito. Você...

— Sabe de uma coisa? — A voz de Cee Cee saiu amarga. — Esquece. Eu não me importo. Não me importo com o que acontecer. Deixe Paul Slater "Olha-só-meu-BMW-novo" ser o vice-presidente da nossa turma. Eu desisto.

Ela teria batido o fone se estivesse segurando um aparelho normal. Mas só pôde desligar na minha cara. Tive de dizer alô mais algumas vezes, só para ter certeza, mas quando ninguém respondeu, eu soube.

— Bem — falei desligando. — Ela está furiosa.

— Foi o que pareceu — disse Jesse. — Quem é essa pessoa nova, que está concorrendo com você, que ela tem tanto medo de que vença?

E ali estava. A pergunta direta. A pergunta direta, cuja resposta sincera seria: "Paul Slater." Se eu não respondesse assim — dizendo "Paul Slater" —, realmente estaria mentindo para Jesse. Tudo que eu tinha lhe dito ultimamente eram meias-verdades, ou talvez mentirinhas.

Mas esta... Esta era a que mais tarde, se ele descobrisse a verdade, iria me ferrar.

Na hora, claro, eu não sabia que mais tarde seria três horas depois. Só tinha presumido que mais tarde seria, você sabe, semana que vem, no mínimo. Talvez até mês que vem. Quando eu já teria pensado numa solução adequada para o problema de Paul Slater.

Mas como achei que tinha tempo suficiente para resolver a coisa antes que Jesse ficasse sabendo, falei, em resposta à pergunta:

– Ah, é só um cara novo.

O que teria funcionado bem se, algumas horas depois, David não tivesse batido na porta do meu quarto e dito:

– Suze? Chegou uma coisa para você.

– Ah, entre.

David abriu minha porta, mas eu não pude vê-lo. Só podia ver, de onde estava na cama, um gigantesco buquê de rosas vermelhas. Quero dizer, devia ter pelo menos duas dúzias.

– Oba! – falei, levantando-me depressa. Porque mesmo naquela hora não fiz a mínima idéia. Pensei que Andy tinha mandado.

– É – disse David. Eu ainda não conseguia ver seu rosto, porque estava bloqueado por todas as flores. – Onde devo colocar?

– Ah – falei espiando Jesse, que estava olhando as flores quase tão perplexo quanto eu. – No banco da janela está bom.

David baixou cuidadosamente as flores – que tinham vindo até com um vaso – no banco da janela, empurrando algumas almofadas para o lado para abrir lugar. Depois, assim que as deixou numa posição estável, empertigou-se e disse, pegando um papel branco nas folhas verdes.

– Aqui está o cartão.

– Obrigada – falei, abrindo o envelope minúsculo.

Fique boa logo! Com amor de Andy, era o que eu esperava que estivesse escrito.

Ou *Sentimos falta de você. Da turma do primeiro ano da Academia da Missão Junipero Serra.*

Ou mesmo *Você é uma garota muito tola. Do padre Dominic.*

Mas o que estava escrito me chocou completamente. Ainda mais porque, claro, Jesse estava suficientemente perto para ler por cima do meu ombro. E até mesmo David, parado do outro lado do quarto, não tinha como não ler a letra grande e preta:

Desculpe, Suze. Com amor, Paul.

Capítulo 12

De modo que, basicamente, eu era uma mulher morta.

Especialmente quando David, que, claro, não sabia que Jesse estava ali parado (ou que por acaso ele é o homem por quem sinto uma paixão que consome tudo... pelo menos quando Paul Slater não estava me beijando), disse:

– Isso é daquele tal de Paul? Foi o que pensei. Ele ficou me fazendo um monte de perguntas sobre por que você não foi à escola hoje.

Eu nem pude olhar na direção de Jesse, de tão mortificada que me sentia.

– Hm – falei. – É.

– O que ele quer que você desculpe? – quis saber David.

– O negócio de ser vice-presidente?

– Hm. Não sei.

— Porque, sabe, a sua campanha está realmente com problemas. Sem ofensa, mas Kelly está distribuindo chocolate. É melhor você bolar alguma coisa boa bem depressa, caso contrário vai perder a eleição.

— Obrigada, David. Tchau, David.

David me olhou estranhamente por um momento, como se não tivesse certeza de por que eu o estava dispensando de modo tão abrupto. Depois olhou o quarto em volta, como se percebesse pela primeira vez que talvez não estivéssemos sozinhos, ficou vermelho como uma beterraba e disse:

— Certo, tchau. — E saiu do meu quarto como um raio.

Juntando toda a coragem, virei a cabeça para Jesse e falei:

— Olha, não é o que você...

Mas minha voz ficou no ar, porque ao meu lado Jesse estava com aparência assassina. Quero dizer, de verdade, como se quisesse matar alguém.

Só que não dava para ver quem ele queria matar, porque acho que naquele ponto eu era uma candidata tão boa para o assassinato quanto Paul.

— Suzannah — disse Jesse numa voz que eu nunca o tinha ouvido usar antes. — O que é isto?

A verdade é que Jesse não tinha o direito de estar furioso. Nenhum direito. Quero dizer, ele tinha tido sua chance, não é? Tinha tido, e tinha estragado. Ele estava com sorte por eu não ser o tipo de garota que desiste fácil.

— Jesse. Olha. Eu ia contar. Só esqueci...

— Contar o quê? — A pequena cicatriz no lado direito da testa de Jesse (que, como fiquei sabendo, não era resultado de uma luta com um bandido, como sempre tinha presumido romanticamente, e sim, imagine só, da mordida de um cachorro) estava muito branca, sinal claro de que Jesse sentia muita, muita raiva. Como se eu não pudesse ver pelo tom de sua voz. – Paul Slater voltou a Carmel, e você não me contou?

– Ele não vai tentar exorcizar você de novo, Jesse – falei apressadamente. – Ele sabe que nunca iria se dar bem, não enquanto eu estiver por perto...

– Isso não me importa – disse Jesse cheio de desprezo. – Foi você que ele deixou para morrer, lembra? E essa pessoa freqüenta a sua escola agora? O que o padre Dominic tem a dizer sobre isso?

Respirei fundo.

– O padre Dominic acha que nós devemos lhe dar outra chance. Ele...

Mas Jesse não me deixou terminar. Tinha se levantado da cama e andava pelo quarto murmurando baixinho em espanhol. Eu não tinha idéia do que ele estava dizendo, mas não parecia agradável.

– Olha, Jesse. Foi exatamente por isso que eu não contei a você. Sabia que você ia perder a cabeça assim...

– Perder a cabeça? – Jesse me deu um olhar incrédulo. – Suzannah, ele tentou matar você!

Balancei a cabeça. Era preciso muita coragem, mas balancei mesmo assim.

– Ele diz que não tentou, Jesse. Diz... Paul diz que eu teria achado o caminho para fora de lá sozinha. Disse uma coisa sobre a existência de um pessoal chamado de deslocadores e que eu sou uma deslocadora. Diz que eles são diferentes dos mediadores, que em vez de apenas poder... você sabe, ver e falar com os mortos, os deslocadores podem se mover livremente pelo reino dos mortos, também...

Mas em vez de ficar impressionado com essa novidade, Jesse apenas ficou mais furioso.

– Parece que você e ele andaram conversando um bocado ultimamente.

Se eu não soubesse, poderia achar que Jesse quase parecia... bem, com ciúme. Mas como sabia muito bem (como ele tinha deixado bem claro) que não sentia por mim o mesmo que eu sentia por ele, simplesmente dei de ombros.

– O que eu devo fazer, Jesse? Quero dizer, agora ele freqüenta a minha escola. Não posso simplesmente ignorá-lo. – Claro que eu também não precisava ir à casa dele e lhe dar um beijo de língua. Mas essa era uma coisa que eu iria esconder de Jesse a todo custo. – Além disso ele parece saber um monte de coisas. Coisas sobre mediadores. Coisas que o padre Dominic não sabe, talvez nem tenha sonhado...

– Ah, e tenho certeza de que Slater está todo feliz em contar tudo que sabe a você – disse Jesse com muito sarcasmo.

– Bem, claro que está, Jesse. Quero dizer, afinal de contas nós dois temos esse dom meio incomum...

– E Paul Slater sempre foi ansioso por compartilhar informações sobre esse dom com outros mediadores que ele conhece.

Engoli em seco. Aí Jesse me pegou. Por que Paul estava ansioso para ser meu mentor? A julgar pelo modo como tinha dado em cima de mim em seu quarto, eu tinha uma idéia muito boa. Mesmo assim era difícil acreditar que suas motivações fossem totalmente lascivas. Havia garotas muito mais bonitas do que eu freqüentando a Academia da Missão, garotas que ele poderia ter com muito menos problemas.

Mas nenhuma delas, claro, compartilhava nosso dom especial.

– Olha – falei. – Você está reagindo com exagero. Paul é um escroto, verdade, e eu não confiaria nem um pouco nele. Mas realmente não acho que ele esteja querendo me pegar. Ou você.

Jesse riu, mas não como se achasse alguma coisa engraçada na situação.

– Ah, não acho que seja a mim que ele quer pegar, *mi hermosa*. Não é para mim que ele está mandando rosas.

Olhei as rosas.

– Bem – falei sentindo-me ruborizar. – É. Entendo o que você quer dizer. Mas acho que ele só mandou essas rosas porque se sente muito mal com o que fez. – Não mencionei a transgressão mais recente de Paul contra mim. Deixei Jesse achar que eu estava falando do que Paul tinha feito no verão. – Quero dizer, ele não tem ninguém – continuei. – Não tem mesmo. – Pensei na grande casa de vidro em que Paul morava, na mobília esparsa e desconfortável. – Eu acho... Jesse, honestamente acho que parte do problema de Paul é que ele é realmente, realmente solitário. E não sabe o que fazer a respeito, porque ninguém nunca ensinou, você sabe, como agir como um ser humano decente.

Mas Jesse não queria aceitar nada disso. Eu podia sentir quanta pena quisesse de Paul – e parte de mim realmente sentia, e nem estou falando da parte que considerava Paul um beijador fantástico – mas para Jesse o sujeito era e sempre seria um canalha.

– Bem, para alguém que não sabe agir como um ser humano decente – disse ele, indo até as rosas e arrancando um dos botões gordos e escarlates – ele certamente está fazendo uma boa imitação de como um deles deve agir. Um que, por acaso, esteja apaixonado.

Senti-me ficando vermelha como as rosas ao lado das quais Jesse estava imóvel.

– Paul não está apaixonado por mim – falei. – Acredite. – Porque caras apaixonados não mandam capangas tentar impedir as garotas de fugir de sua casa. Mandam? – E mesmo que estivesse, agora certamente não está...

– Ah, verdade. – Jesse balançou a cabeça na direção do cartão que eu estava segurando. – Acho que o modo como ele usou a palavra *amor*, e não *atenciosamente, cordialmente* ou *com meus respeitos*, dá a entender o contrário, não é? E o que você quer dizer com: se estava, não está mais? – Seus olhos escuros ficaram ainda mais intensos. – Suzannah, aconteceu... alguma coisa entre vocês dois? Alguma coisa que você não está me contando?

Droga! Olhei para o colo, deixando parte do cabelo esconder meu rosto, de modo que ele não visse o quanto eu estava ruborizando.

— Não — falei para o lençol. — Claro que não.

— Suzannah...

Quando levantei os olhos de novo, ele não estava mais parado perto das rosas. Em vez disso estava perto da minha cama. Tinha levantado uma das minhas mãos e estava me olhando com aquele seu olhar escuro, impenetrável.

— Suzannah — disse ele de novo. Agora sua voz não era mais assassina. Em vez disso era gentil, gentil como seu toque. — Escute. Eu não estou com raiva. Não de você. Se houver alguma coisa... qualquer coisa... que você queira contar, você pode.

Balancei a cabeça com força suficiente para fazer o cabelo chicotear minhas bochechas.

— Não. Eu já disse. Não aconteceu nada. Nada mesmo.

Mas mesmo assim Jesse não soltou minha mão. Em vez disso acariciou-a com um polegar calejado.

Prendi o fôlego. Era isso?, me perguntei. Era possível que depois de todas essas semanas me evitando, Jesse ia finalmente — *finalmente* — confessar seus verdadeiros sentimentos por mim?

Mas, pensei com o coração martelando doidamente, e se não fossem os sentimentos que eu esperava? E se afinal de contas ele não me amasse? E se aquele beijo tivesse sido apenas... sei lá. Uma experiência ou alguma coisa assim? Um teste no qual eu não tinha passado? E se Jesse tivesse decidido que só queria ser meu amigo?

Eu morreria, só isso. Ia me deitar e morrer.

Não, falei comigo mesma. Ninguém segurava a mão de alguém como Jesse estava segurando a minha e dizia que *não* a amava. De jeito nenhum. Não era possível. Jesse me amava. *Tinha* de me amar. Só uma coisa – ou alguém – o estava impedindo de admitir...

Tentei encorajá-lo a fazer a confissão que eu tanto queria ouvir.

– Sabe, Jesse – falei, não ousando encará-lo, mas mantendo o olhar nos dedos que seguravam os meus. – Se há alguma coisa que *você* queira me contar, você pode. Quero dizer, sinta-se à vontade.

Juro que ele ia dizer alguma coisa. *Juro.* Finalmente consegui levantar os olhos para os dele, e juro que quando nossos olhos se cruzaram alguma coisa passou entre nós. Não sei o quê, mas *alguma coisa.* Os lábios de Jesse se separaram, e ele estava para dizer sei lá o quê, quando a porta do meu quarto se abriu subitamente. Cee Cee, seguida por Adam, entrou, parecendo furiosa e carregando um monte de papelões.

– Certo, garota – rosnou Cee Cee. – Chega de embromar. Precisamos cuidar dos negócios, e precisamos cuidar dos negócios *agora.* Kelly e Paul estão chutando a bunda da gente. Temos de bolar um *slogan* de campanha, e temos de bolar agora. Temos um dia até a eleição.

Olhei incrédula para Cee Cee, Jesse tão pasmo quanto eu. Ele tinha largado minha mão como se ela pegasse fogo.

– Bem, oi, Cee Cee – falei. – Oi, Adam. Legal vocês dois virem aqui. Já ouviram falar em bater na porta?

– Ah, por favor – disse Cee Cee. – Por quê? Porque a gente poderia interromper você e seu precioso Jesse?

Ao ouvir isso Jesse levantou as sobrancelhas. Muito.

Ruborizando-me furiosamente – puxa, eu não queria que ele soubesse que eu andei falando dele com meus amigos – falei:

– Cale a boca, Cee Cee.

Mas Cee Cee, que tinha largado os papelões e agora estava espalhando pincéis atômicos por toda parte, falou:

– A gente sabia que ele não estava aqui. Não tem nenhum carro lá embaixo. Além disso, o Brad disse para a gente subir.

Claro que disse.

Olhando as rosas, Adam assobiou.

– São dele? Quero dizer, do Jesse? O cara tem classe, quem quer que ele seja.

Não tenho idéia de como Jesse reagiu ao ouvir isso, já que não ousei olhar na sua direção.

– São – falei, só para não ter de dar explicações complicadas. – Escute, pessoal, esse não é realmente um bom...

– Eca! – Cee Cee, abaixada perto de um pedaço de papelão, finalmente estava em condições de dar uma boa olhada nos meus pés pela primeira vez. – Isso é nojento! Seus pés parecem o daquelas pessoas que tiraram do Everest...

– Aquilo foi congelamento – disse Adam, curvando-se para examinar as solas dos meus pés. – Os deles estavam pretos. Acho que Suze tem o problema oposto. Isso são bolhas de queimadura.

– É, são – concordei. – E doem mesmo. Então, se não se incomodam...

– Ah, não – disse Cee Cee. – Você não vai se livrar de nós tão facilmente, garota. Temos de conseguir um *slogan* de campanha. Se eu vou abusar dos meus privilégios de usar a copiadora com meu cargo de editora do jornal da escola para fazer panfletos – não se preocupe, eu já consegui que um punhado dos colegas da minha irmã na quinta série concordasse em distribuir para nós na hora do almoço – quero me certificar de que eles pelo menos digam alguma coisa boa. Então. O que eles devem dizer?

Fiquei ali sentada feito um trambolho, com a cabeça totalmente cheia de apenas uma coisa: Jesse.

– Estou dizendo – disse Adam, destampando um pincel atômico e dando uma longa cheirada na ponta. – Nosso *slogan* deveria ser *Vote em Suze: Ela não dá mole.*

– Kelly iria adorar – disse Cee Cee com desdém. – A gente ia ganhar um processo por difamação na hora, por dar a entender que Kelly dá mole. O pai dela é advogado, você sabe.

Adam, terminando de cheirar o pincel, falou:

– Que tal Suze Manda?

– Isso não rima – observou Cee Cee. – Além disso, a implicação é que o diretório estudantil é uma ditadura, coisa que obviamente não é.

Arrisquei um olhar para Jesse, só para ver como estava reagindo a tudo isso. Mas ele não parecia estar prestando muita atenção. Estava olhando as rosas de Paul.

Meu Deus, pensei. Quando eu voltar à escola, vou matar aquele cara.

— Que tal "Quem sabe vota em Suze"? – falei, esperando apressar Cee Cee e Adam para ter alguma privacidade com meu futuro namorado de novo.

Ajoelhada perto do papelão, Cee Cee inclinou a cabeça para mim, e o sol entrando pelas janelas viradas para o oeste fizeram seu cabelo branco-louro parecer de um amarelo brilhante.

— Quem sabe vota em Suze – repetiu ela devagar. – É. É, eu gosto disso. Muito bem, garota.

E em seguida se curvou para começar a escrever o *slogan* nos pedaços de papelão espalhados no piso do meu quarto. Estava claro que nem ela nem Adam iriam sair tão cedo.

Olhei de novo na direção de Jesse, esperando sinalizar, o mais sutilmente que pudesse, para dizer como lamentava a interrupção.

Mas vi que, para minha perplexidade, Jesse tinha desaparecido.

Não era o máximo, esse cara? Puxa, a gente finalmente o põe numa posição em que parece estar pronto para fazer a grande confissão – fosse ela qual fosse – e então *bam*. Ele desaparece na cara da gente.

É ainda pior quando o sujeito por acaso está morto. Porque eu nem podia mandar rastrear a placa do seu carro nem nada.

Não que eu o culpasse por ir embora, acho. Quero dizer, provavelmente eu não ia querer ficar num quarto – que agora cheirava distintamente a pincel atômico – com umas pessoas que não me viam.

Mesmo assim não pude deixar de me perguntar para onde ele tinha ido. Esperava que fosse para ir atrás de Neil Jankow e me impedir de ter mais um fantasma – Craig, o irmão de Neil – com quem lidar. E quando ele voltasse...

Só quando olhei as rosas de Paul de novo me ocorreu a parte realmente horrível daquilo tudo. E não era a questão de *quando* Jesse voltaria. Na verdade era *se*. Porque, claro, se você pensasse bem, por que o cara voltaria?

Falei a Cee Cee e Adam que eu não estava chorando. Disse que meus olhos estavam lacrimejando por causa de tanto pincel atômico. E eles pareceram acreditar.

Uma pena que a única pessoa que eu não parecia capaz de enganar era eu mesma.

Capítulo 13

Não demorei muito até descobrir para onde Jesse tinha desaparecido.

Quero dizer, não demorei muito no vasto espectro das coisas. Na verdade levei mais outro dia e meio. Foi o tempo de o inchaço nos pés diminuir, e eu poder enfiá-los num par de chinelos Steve Madden e voltar à escola.

Onde fui imediatamente chamada à sala do diretor.

Sério. A coisa fez parte dos anúncios matinais do padre Dom. Ele disse pelo alto-falante:

– E vamos todos nos lembrar de lembrar aos pais sobre a festa do padre Serra, que vai acontecer na Missão amanhã, a partir das dez horas. Vai haver comida, jogos, música e diversão. Suzannah Simon, depois da reunião matinal, poderia vir por favor ao escritório do diretor?

Assim.

Eu presumi que o padre Dom quisesse ver como eu estava. Sabe, eu tinha ficado fora da escola durante dois dias, graças aos pés. Uma pessoa legal naturalmente quereria saber se eu estava bem. Uma pessoa legal estaria preocupada com meu bem-estar.

E por acaso o padre D. estava totalmente preocupado com meu bem-estar. Mas mais espiritual do que físico.

– Suzannah – disse ele, quando andei até sua sala. Bem, *andei* talvez seja uma palavra muito forte para o modo como eu circulava. Ainda estava meio mancando. Felizmente meus chinelos eram superalmofadados, e a larga faixa preta que os prendia aos meus pés cobria completamente a maioria dos horrorosos band-aids.

Eu ainda me sentia meio andando sobre cogumelos. Algumas daquelas bolhas nas solas tinham ficado duras como pedras.

– Quando você ia me contar sobre você e Jesse? – perguntou o padre Dominic.

Meu queixo caiu. Estava sentada na cadeira dos visitantes, na frente da mesa dele, onde sempre me sentava quando tínhamos nossas conversas. Como sempre, eu tinha pego um brinquedo na gaveta de baixo do bom padre, onde ele guarda a parafernália juvenil que os professores confiscam dos alunos. Dessa vez era um pouco de geleca.

– O que é que tem sobre mim e Jesse? – perguntei inexpressiva, porque genuinamente não tinha idéia do que ele estava falando. Quero dizer, por que eu suspeitaria de que o padre Dominic sabia sobre mim e Jesse... sobre a verdade entre mim e Jesse? Quero dizer, quem contaria a ele?

— Que você... que vocês dois... Acho que a expressão hoje em dia é *estão ficando* — disse ele finalmente.

Num instante fiquei vermelha como o manto do arcebispo, que baixaria na nossa escola a qualquer momento.

— Nós... nós não estamos — gaguejei. — Ficando, quero dizer. Na verdade, nada poderia estar mais distante da verdade. Não sei como...

E então, num jorro de intuição, eu soube. Soube exatamente como o padre Dom tinha descoberto. Ou pelo menos pensava que sabia.

— Paul lhe contou isso? Porque estou realmente surpresa com o senhor, padre, por ouvir um cara daqueles. Sabia que ele é parcialmente responsável pelas minhas bolhas? Quero dizer, ele deu em cima de mim... — Não achei que fosse necessário, nas circunstâncias, acrescentar que eu não tinha resistido. De jeito nenhum. — E quando tentei ir embora, ele mandou seu Hell's Angel me pegar...

O padre Dom me interrompeu. Coisa que o padre Dominic não faz com freqüência.

— Foi o próprio Jesse que me contou. E que negócio é esse sobre você e Paul?

Eu estava tão ocupada ficando boquiaberta que não prestei atenção à pergunta.

— *O quê?* — exclamei. — *Jesse* contou? — Senti como se o mundo que eu conhecia subitamente plantasse bananeira, desse uma cambalhota e virasse pelo avesso. Jesse tinha contado ao padre Dom que a gente estava ficando? Antes mesmo de ter se incomodado em me contar? Isso não podia estar acontecendo. Não comigo. Porque coisas incrivelmente boas assim nunca me aconteciam. Nunca.

– O que exatamente Jesse lhe contou, padre Dom? – perguntei com cautela, porque queria me certificar de que, antes de aumentar esperanças, entendia direito a história.

– Que vocês se beijaram. – Padre Dominic disse a palavra de modo tão desconfortável que era de pensar que havia tachinhas no assento de sua cadeira. – E devo dizer, Suzannah, que estou perturbado por você não ter me contado nada disso no outro dia, quando nós conversamos. Eu nunca fiquei tão desapontado com você. Faz-me pensar no que mais você está escondendo de mim...

– Eu não contei porque foi só uma porcaria de um beijo. E aconteceu há *semanas*. E desde então, nada. Sério, padre D. – Eu imaginei se ele poderia ouvir a frustração na minha voz, e descobri que nem me importava. – Nada mesmo. Um nada *enorme*.

– Eu achava que nós éramos suficientemente próximos para que você compartilhasse comigo uma coisa dessa magnitude – disse o padre Dominic, todo carrancudo.

– Magnitude? – ecoei, esmagando a geleca no punho. – Padre D., que magnitude? Não aconteceu nada, certo? – Para o meu eterno desapontamento. – Quero dizer, não o que o senhor está pensando.

– Sei disso – disse o padre Dominic, sério. – Jesse é um rapaz honrado demais para se aproveitar da situação. Mas você deve saber, Suzannah, que não posso, em boa consciência, permitir que isso continue...

— Permitir que *o quê* continue, padre D.? — Eu nem podia acreditar que estava tendo essa conversa. Era quase como se eu tivesse acordado no Mundo Bizarro. — Eu lhe disse, nada...

— Eu devo aos seus pais cuidar do seu bem-estar espiritual, tanto quanto do físico — prosseguiu o padre Dominic, como se eu não tivesse falado. — E tenho uma obrigação para com Jesse, como confessor dele...

— Como o *quê* dele? — gritei, sentindo que ia cair da cadeira.

— Não precisa gritar, Suzannah. Creio que tenha me ouvido perfeitamente bem. — O padre Dom parecia tão arrasado quanto eu estava começando a me sentir. — O fato é que, à luz da... bem, da situação atual, eu aconselhei Jesse a se mudar para a reitoria.

Agora eu realmente caí da cadeira. Bem, não caí exatamente. Tombei. Tentei pular, mas meus pés estavam machucados demais para isso. Conformei-me em saltar para cima do padre Dom. Só que havia uma mesa enorme nos separando, por isso eu não podia, como desejava, agarrar sua batina e gritar *por quê? Por quê?*, na sua cara. Em vez disso tive de segurar a beira da mesa com muita força e dizer, no tipo de voz aguda, de menina, que eu odeio mas que naquele ponto não consegui evitar:

— A reitoria? A *reitoria*?

— Sim, a reitoria — disse o padre Dominic defensivamente. — Ele vai ficar perfeitamente bem lá, Suzannah. Sei que vai ser difícil para ele se ajustar a passar o tempo em outro lugar que não... bem, o lugar onde ele morreu. Mas nós vivemos com simplicidade na reitoria. De muitas maneiras, será parecido ao que Jesse estava acostumado quando era vivo...

Eu realmente estava tendo muita dificuldade para processar o que ouvia.

— E Jesse *concordou*? — ouvi-me perguntando naquela mesma voz aguda de menina. E afinal, de *quem* era aquela voz? Certamente não era minha. — Jesse disse que vai fazer isso?

O padre Dominic me olhou de um modo que só posso descrever como penalizado.

— Disse. E lamento mais do que posso dizer por você ter descoberto deste modo. Mas talvez Jesse sentisse... e devo dizer que concordo... que uma cena daquelas poderia... bem, uma garota do seu temperamento poderia... Bem, talvez você pudesse ter tornado difícil...

E então, do nada, as lágrimas vieram. O único aviso foi uma coceira forte no nariz. A próxima coisa que eu soube foi que estava lutando para controlar os soluços.

Porque sabia o que o padre Dom estava tentando dizer. Estava tudo ali, em odioso preto-e-branco. Jesse não me amava. Jesse nunca tinha me amado. Aquele beijo... aquele beijo tinha sido uma experiência, afinal de contas. Até mesmo um erro. Um erro terrível, miserável.

E agora que Jesse sabia que eu tinha mentido a ele com relação a Paul — sabia que eu tinha mentido para ele, e pior, provavelmente tinha adivinhado por que eu mentira... porque eu o amava, sempre iria amá-lo, e não queria perdê-lo — ele ia se mudar, em vez de dizer a verdade: que não sentia o mesmo que eu. Mudar! Ele preferia se mudar a passar outro dia comigo! Para ver que tipo de fracassada patética eu sou!

Caí de novo na cadeira diante da mesa do padre Dom, chorando. Nem me importei com o que o padre Dom pensava – você sabe, sobre eu estar chorando por causa de um cara. Eu não podia simplesmente parar de amar Jesse agora que sabia – com certeza absoluta, de uma vez por todas – que ele não me amava.

– Eu n... não entendo – falei nas minhas mãos. – O que... o que eu fiz de errado?

A voz do padre Dominic pareceu ligeiramente abalada.

– Nada, Suzannah. Você não fez nada de errado. Só que é melhor assim. Sem dúvida você consegue entender.

Na verdade o padre Dominic não é muito bom em lidar com questões amorosas. Com fantasmas, sim. Com garotas que tiveram o coração pisoteado? Sem chance.

Mesmo assim fez o melhor possível. Chegou a se levantar de trás da mesa, rodeou-a, pôs as mãos no meu ombro e deu uns tapinhas meio desajeitado.

Fiquei surpresa. O padre Dom não era realmente um sujeito do tipo sensível daqueles de oferecer um ombro amigo pra você chorar.

– Pronto, pronto, Suzannah. Pronto, pronto. Vai ficar tudo bem.

Só que não ia. Nunca ia ficar tudo bem.

Mas o padre Dom não tinha terminado.

– Vocês dois não podem continuar como estavam. Jesse tem de partir. É o único modo.

Não pude evitar um riso sem humor.

– O único modo? Fazê-lo ir embora de casa? – perguntei, enxugando irritada os olhos com a manga da jaqueta de camurça. Para ver até onde eu tinha ido. – Não acho.

– Não é a casa dele, Suzannah – disse o padre D. com gentileza. – É a *sua* casa. Nunca foi a casa de Jesse. Era a pensão em que ele foi assassinado.

Ouvir a palavra *assassinado*, sinto muito dizer, só me fez chorar mais. O padre D. reagiu batendo mais um pouco no meu ombro.

– Vamos – disse ele. – Você tem de ser adulta com relação a isso, Suzannah.

Falei alguma coisa ininteligível. Nem eu soube o que era.

– Não tenho dúvida de que você vai conseguir enfrentar essa situação, Suzannah – disse o padre Dom –, como enfrentou todas as outras na sua vida, com... bem, se não com graça, pelo menos com autodomínio. E agora é melhor você ir. O primeiro tempo quase acabou.

Mas não fui. Só fiquei ali sentada, ocasionalmente soltando uma fungadela patética enquanto as lágrimas continuavam a descer pelo meu rosto. Fiquei feliz por estar usando rímel à prova d'água naquela manhã.

Mas em vez de ficar com pena de mim, como um homem de batina deveria fazer, o padre D. só me olhou de modo um tanto suspeito.

– Suzannah, eu espero... não acho que eu tenha de... bem, eu me senti obrigado a alertá-la... Você é uma garota cabeça-dura, e eu espero que se lembre do que eu lhe disse uma vez. Você não deve usar seus... hm... atributos femininos com o Jesse. Falei sério na época e estou falando sério agora. Se precisa chorar por causa disso, resolva tudo aqui na minha sala. Mas não chore diante do Jesse. Não torne mais difícil para ele do que já é. Entende?

Bati com o pé no chão, mas quando a dor subiu pela perna eu lamentei instantaneamente o ato.

– Meu Deus – falei sem muita graciosidade. – O que o senhor acha que eu sou? Acha que eu vou implorar que ele fique, ou alguma coisa assim? Se ele quer ir, por mim tudo bem. Mais do que bem. Eu estou *satisfeita* por ele estar indo. – Então minha voz se travou em outro soluço traidor. – Mas só quero que o senhor saiba que isso não é *justo*.

– Muito pouca coisa na vida é justa, Suzannah – disse o padre Dominic com simpatia. – Mas eu não deveria ter de lembrar que você tem muito, muito mais bênçãos na vida do que a maioria das pessoas. Você é uma garota de muita sorte.

– Sorte – falei com um riso amargo. – É, certo.

O padre Dominic me olhou.

– Agora você parece estar melhor, Suzannah. Então talvez não se incomode em ir andando depressa. Eu tenho um bocado de trabalho por causa da festa de amanhã...

Pensei no quanto eu não tinha lhe contado. Quero dizer, sobre Craig e Neil Jankow, para não mencionar Paul, o Dr. Slaski e os deslocadores.

Eu deveria ter contado sobre o Paul. No mínimo deveria ter contado sobre toda a sua teoria do recomeço. Mas talvez não. Paul definitivamente não estava a fim de boa coisa, como meus pés doloridos podiam atestar.

Mas admito que estava meio chateada com o padre Dominic. Era de pensar que ele deveria ter demonstrado um pouquinho mais de compaixão. Puxa, ele simplesmente me deixou de coração partido. Pior, fez isso por ordem de Jesse. Jesse nem teve coragem de dizer na minha cara que não me amava. Não, tinha mandado seu "confessor" falar isso. Beleza. Realmente me fez lamentar não ter vivido em 1850. Devia ser um barato – todo mundo andando por ali e mandando os padres fazerem seu serviço sujo.

Eu não podia, claro, ir andando depressa, como o padre Dom tinha sugerido. Praticamente nem podia *andar*. Mas saí mancando de sua sala, sentindo uma pena extrema de mim mesma. Ainda estava chorando – tanto que, quando a secretária do padre D. me viu, falou com uma preocupação maternal:

– Ah, querida! Você está bem? Aqui, pegue um lenço de papel.

O que foi muito mais reconfortante do que tudo que o padre D. tinha feito por mim na última meia hora.

Peguei o lenço e assoei o nariz, depois peguei mais alguns para viagem. Tinha a sensação de que estaria com o berreiro aberto até pelo menos a terceira aula.

Quando saí no caminho coberto que atravessava o pátio, tentei me controlar. Certo. Então o cara não gostava de mim. Um monte de caras não tinha gostado de mim no passado, e eu nunca perdi a estribeira desse jeito. E, certo, aquele era o *Jesse*, a pessoa que eu mais amava no mundo. Mas, ei, se ele não me queria, tudo bem. Sabe de uma coisa? Pior para *ele*, é isso.

Então por que eu não conseguia parar de chorar?

O que eu ia fazer sem ele? Puxa, eu tinha me acostumado totalmente a ter Jesse por perto o tempo todo. E o gato dele? Spike também ia morar na reitoria? Acho que teria de morar. Quero dizer, aquele gato horroroso gostava de Jesse tanto quanto eu. Gato de sorte, ia viver com Jesse.

Andei por todo o caminho coberto, olhando o pátio encharcado de sol sem ver realmente. Talvez, pensei, o padre D. estivesse certo. Talvez fosse melhor assim. Quero dizer, digamos, só por um minuto, que Jesse gostasse de mim também. Aonde a coisa iria? Era como Paul tinha dito. O que nós iríamos fazer? Namorar? Ir ao cinema juntos? Eu teria de pagar, e seria apenas um ingresso. E se alguém me visse, aparentemente sentada sozinha, pareceria a maior otária do mundo. Que mico!

O que eu precisava, percebi, era de um namorado de verdade. Não somente de um cara que as pessoas, além de mim, pudessem ver, mas um cara de quem eu gostasse, que gostasse de mim também. Era disso que eu precisava. Era exatamente disso que eu precisava.

Porque quando Jesse descobrisse, talvez percebesse que erro colossal tinha acabado de cometer.

É meio engraçado que, enquanto eu estava pensando nisso, Paul Slater tenha pulado subitamente para perto de mim, saindo de trás de uma coluna, e dito:

– Ei!

Capítulo 14

— Vá embora.

Porque a verdade era que eu meio que ainda estava chorando, e Paul Slater era praticamente a última pessoa no mundo que eu queria que me visse assim. Esperava totalmente que ele não notasse.

Não tive essa sorte. Paul falou:

— Por que a choradeira?

— Nada – falei, enxugando os olhos com a manga da jaqueta. Tinha usado todos os lenços de papel que a secretária do padre Dom tinha me dado. – Só alergia.

Paul puxou a minha mão.

— Aqui, use isso.

E me passou, imagine só, um lenço branco que tinha tirado do bolso.

Engraçado como, com tudo o mais que estava acontecendo, eu só conseguia me concentrar naquele quadrado de pano branco.

– Você anda com um *lenço*? – perguntei numa voz de taquara rachada.

Paul deu de ombros.

– Nunca se sabe quando a gente vai ter de amordaçar alguém.

Era uma resposta tão diferente da que eu esperava que não pude deixar de rir um pouco. Quero dizer, Paul me amedrontava um pouquinho... certo, muito. Mas mesmo assim ainda conseguia ser engraçado de vez em quando.

Enxuguei as lágrimas com o lenço, mais consciente da proximidade do dono do que desejava. Paul estava particularmente deleitável naquela manhã, com um suéter de *cashmere* cor de carvão e um casaco de couro marrom-chocolate. Não pude deixar de olhar para sua boca e lembrar da sensação dela na minha. Boa. Mais do que boa.

Então meu olhar foi para seu olho, o que eu tinha acertado. Sem marcas. O cara não se machucava facilmente.

Desejei que o mesmo fosse verdade para mim. Ou pelo menos para o meu coração.

Não sei se Paul notou a direção do meu olhar – acho que tinha sido bem óbvio que eu estivera olhando sua boca. Mas de repente ele levantou os braços e pôs as duas mãos na coluna de um metro de largura em que eu estava encostada – uma das colunas que sustentam o teto da passagem coberta – meio que me prendendo entre eles.

– Então, Suze – disse ele em voz amigável. – O que o padre Dominic queria falar com você?

Mesmo que eu estivesse definitivamente à caça de um namorado, tinha toda certeza de que Paul não era o cara certo para mim. Quero dizer, é, ele era um gato e coisa e tal, e ainda tinha a coisa de ele também ser mediador.

Mas também tinha a coisa de ele ter tentado me matar. É meio difícil deixar algo assim de lado.

De modo que eu estava meio indecisa ali, presa entre os braços dele. Por outro lado, eu não teria me importado em levantar as mãos, puxar sua cabeça e bancar o desentupidor de pias com sua boca.

Por outro lado, dar um chute rápido na virilha parecia ter um apelo igual, dado o que ele tinha me feito passar no outro dia, com a calçada quente, o Hell's Angel e tudo o mais.

Terminei não fazendo nem uma coisa nem outra. Só fiquei ali parada, com o coração batendo meio forte dentro do peito. Afinal de contas aquele era o cara com quem eu vinha tendo pesadelos nas últimas semanas. Esse tipo de coisa não vai embora só porque o cara pôs a língua na boca da gente e a gente meio que gostou.

– Não se preocupe – falei numa voz que não parecia minha, de tão rouca por causa do choro. Pigarreei e depois disse: – Eu não contei nada sobre você ao padre Dom, se é com isso que você está preocupado.

Paul relaxou visivelmente quando as palavras entraram na sua cabeça. Ele até levantou uma das mãos da parede e segurou uma mecha do meu cabelo, que tinha se enrolado no ombro.

– Gosto mais do seu cabelo solto – disse aprovando. – Você devia sempre usar solto.

Revirei os olhos para esconder o fato de que meus batimentos cardíacos, quando ele me tocou, se aceleraram consideravelmente e comecei a me abaixar sob o braço que ele ainda estava usando para me prender.

– Onde você acha que vai? – perguntou ele, movendo-se para me acuar de novo, desta vez dando um passo mais para perto, de modo que nossos rostos estavam separados por apenas uns oito centímetros. Seu hálito, eu estava suficientemente perto para notar, ainda cheirava à pasta de dentes que ele tinha usado de manhã.

O hálito de Jesse nunca cheirava a nada, porque, claro, ele não está vivo.

– Paul – falei no que esperava que fosse uma voz calma, totalmente inexpressiva. – Verdade. Aqui não, certo?

– Ótimo. – Mas ele não se mexeu. – Então onde?

– Ah, meu Deus, Paul. – Levei a mão à testa. Estava quente. Mas eu sabia que não estava com febre. Por que eu me sentia tão quente? Estava fresco na passagem coberta. Era o Paul? Era o Paul que estava fazendo com que eu me sentisse assim? – Olha, eu tenho... eu tenho de pensar em um monte de coisas agora. Você poderia... você poderia me deixar sozinha um tempo, para pensar?

– Claro. Você recebeu as flores?

– Recebi – falei. O que quer que estivesse me deixando tão febril também me forçou a acrescentar, mesmo que eu não quisesse, já que só queria fugir e me esconder no banheiro feminino até a hora da mudança de aulas. – Mas se acha que vou esquecer o que você fez comigo só porque mandou um punhado de flores idiotas...

– Eu pedi desculpas, Suze. E lamento mais pelos seus pés do que posso dizer. Você deveria ter me deixado levá-la em casa. Eu não teria tentado nada. Juro.

– Ah, é? – Encarei-o. Ele era bem mais alto do que eu, mas seus lábios estavam a apenas centímetros dos meus. Eu poderia alcançá-los com os meus sem o menor problema. Não que fosse fazer isso. Achava que não. – De que você chama o que está fazendo agora?

– Suze – disse ele, brincando de novo com meu cabelo. Seu hálito pinicava meu rosto. – De que outro modo vou conseguir que você fale comigo? Você ficou com uma impressão totalmente errada a meu respeito. Acha que eu sou algum tipo de bandido. E não sou. Sério. Eu sou... bem, de fato eu sou muito parecido com você.

– Não sei por quê, mas duvido seriamente disso – falei. Sua proximidade estava tornando difícil conversar. E não porque ele estivesse me amedrontando. Ele ainda me amedrontava, mas agora de modo diferente.

– É verdade. Quero dizer, nós temos muito em comum. E não somente o negócio de ser mediador. Acho que nossa filosofia de vida é a mesma. Bem, a não ser na parte em que você quer ajudar pessoas. Mas isso é somente culpa. Em todos os outros sentidos, você e eu somos idênticos. Quero dizer, nós dois somos cínicos e desconfiamos dos outros. Quase ao ponto de sermos misantropos, eu diria. Somos almas velhas, Suze. Nós dois já estivemos por aí. Nada nos surpreende, e nada nos impressiona. Pelo menos... – seu olhar azul gélido se cravou no meu – nada até agora. Pelo menos no meu caso.

— Pode ser, Paul — falei, do modo mais paternalista possível; o que não foi muito, acho, porque sua proximidade estava tornando muito difícil respirar. — O único problema é: sabe quem é a pessoa de quem eu mais desconfio no mundo? *Você.*

— Não sei por quê. Porque nós fomos claramente feitos um para o outro. Quero dizer, só porque você encontrou Jesse primeiro...

— *Não.* — A palavra saiu de mim como uma explosão. Eu não podia suportar, não podia suportar ouvir o nome dele... pelo menos saindo daqueles lábios. — Paul, eu estou avisando...

Paul colocou um dedo sobre minha boca.

— Shhh. Não diga nada de que possa se arrepender mais tarde.

— Eu não vou me arrepender de ter dito isso — falei, com os lábios se movendo de encontro ao dedo dele. — Você...

— Você não está falando sério — disse Paul, cheio de confiança, tirando o dedo de perto da minha boca, passando pela curva do queixo e descendo pela lateral do pescoço. — Você só está amedrontada. Com medo de admitir seus verdadeiros sentimentos. Com medo de admitir que talvez eu saiba algumas coisas que você e o sábio Gandalf, vulgo padre Dominic, talvez não saibam. Com medo de admitir que talvez eu esteja certo, e que você não está tão completamente comprometida com seu precioso Jesse quanto gostaria de pensar. Anda, confessa. Você sentiu alguma coisa quando eu a beijei no outro dia. Não negue.

Se eu senti alguma coisa naquele dia? Eu estava sentindo alguma coisa *agora*, e tudo que ele estava fazendo era passar a ponta do dedo pelo meu pescoço. Não era certo que esse cara que eu odiava – e eu o odiava, *odiava mesmo* – pudesse fazer com que eu me sentisse assim...

...enquanto o cara que eu amava podia fazer com que eu me sentisse uma absoluta...

Agora Paul estava tão perto de mim que seu peito roçou a frente do meu suéter.

– Quer tentar de novo? – perguntou ele. Sua boca se moveu até estar a uns dois centímetros da minha. – Uma pequena experiência?

Não sei por que não deixei. Quero dizer, ele me beijar de novo. Não havia um nervo em meu corpo que não quisesse. Depois de ter levado um fora tão tremendo na sala do padre Dom, seria legal saber que alguém – qualquer um – me queria. Até um cara de quem eu já havia sentido um medo mortal.

Talvez houvesse uma parte de mim que ainda o temesse. Ou o que ele poderia fazer comigo. Talvez isso estivesse fazendo meu coração bater tão rápido.

O que quer que fosse, não deixei que ele me beijasse. Não podia. Pelo menos naquela hora. E pelo menos ali. Inclinei o pescoço tentando manter a boca fora do seu alcance.

– Não vamos – falei tensa. – Eu estou tendo um dia muito ruim, Paul. Realmente agradeceria se você *recuasse*...

Junto com a palavra *recuasse* eu pus as duas mãos no seu peito e o empurrei com o máximo de força possível.

Não esperando isso, Paul cambaleou para trás.

– Epa – disse ele quando recuperou o equilíbrio. E a compostura. – Qual é o seu problema, afinal?

– Nada – falei torcendo seu lenço nos dedos. – Eu só... eu só recebi uma notícia ruim. Só isso.

– Ah, é? – Essa tinha sido claramente a coisa errada para dizer a Paul, já que agora ele parecia positivamente intrigado, o que significava que talvez nunca fosse embora. – Tipo o quê? O chicanozinho deixou você na mão?

O som que saiu de mim quando ele disse isso foi um cruzamento entre um ofegar e um soluço. Não sei de onde veio. Parecia ter sido rasgado de meu peito por alguma força invisível. Aquilo espantou Paul tanto quanto a mim.

– Epa – disse ele de novo, desta vez num tom diferente. – Desculpe. Eu... ele fez isso? Fez mesmo?

Balancei a cabeça, não confiando em mim mesma para falar. Queria que Paul fosse embora – que calasse a boca e fosse embora. Mas ele parecia incapaz das duas coisas.

– Eu meio que pensei – disse ele – que talvez houvesse um problema no paraíso quando ele não apareceu para me dar umas porradas depois, você sabe, do que aconteceu na minha casa.

Consegui achar minha voz. Ela saiu áspera, mas pelo menos funcionou.

– Eu não preciso do Jesse para lutar minhas batalhas.

– Quer dizer que você não contou a ele. Quero dizer, sobre você e eu.

Quando eu desviei o olhar, Paul disse:

— É isso. Você não contou a ele. A não ser que tenha contado e ele não tenha se importado. Foi isso, Suze?

— Eu tenho de ir para a aula — falei, e me virei rapidamente para fazer isso.

Só que a voz de Paul me fez parar.

— A questão é: por que você não contou? Poderia ser porque, talvez, no fundo, você tenha medo? Porque talvez, bem no fundo, você tenha sentido alguma coisa... alguma coisa que não quer admitir, nem para si mesma?

Girei.

— Ou talvez — falei — porque bem no fundo eu não quisesse ficar com um assassinato nas mãos. Você já pensou nisso, Paul? Porque Jesse já não gosta muito de você. Se eu contasse a ele o que você fez, ou pelo menos tentou fazer comigo, ele iria matá-lo.

Eu sabia bem demais que isso era uma completa viagem. Mas Paul não sabia.

Mesmo assim não recebeu do modo como eu queria.

— Sei — disse Paul com um riso. — Você deve gostar de mim um pouquinho, caso contrário teria ido em frente e contado.

Comecei a dizer alguma coisa, percebi a inutilidade e girei de novo para ir embora.

Só que dessa vez as portas das salas de aula em toda volta estavam se abrindo, e alunos começaram a sair para a passagem coberta. Não existe sistema de campainha na Academia da Missão — os conselheiros não querem perturbar a serenidade do pátio ou da basílica com um barulho soando de hora em hora – de modo que nós simplesmente trocamos de salas sempre que o ponteiro grande chega no 12. Percebi que o primeiro tempo tinha terminado quando as hordas começaram a circular em volta de mim.

– E então, Suze? – perguntou Paul, ficando onde estava, apesar do mar de humanidade passando rapidamente por ele. – Foi isso? Você não me quer morto. Quer que eu fique por perto. Porque gosta de mim. Admita.

Balancei a cabeça, incrédula. Percebi que era inútil discutir com o cara. Ele era simplesmente muito cheio de si para ao menos ouvir o ponto de vista de outra pessoa.

E, claro, havia o pequeno detalhe de que ele estava certo.

– Ah, Paul, aí está você! – Kelly Prescott veio até ele, balançando seu cabelo cor de mel. – Procurei você em toda parte. Escuta, eu estive pensando, sobre a eleição, você sabe, na hora do almoço. Por que você e eu não damos uma volta pelo pátio, distribuindo chocolates? Você sabe, para lembrar às pessoas. De votar, quero dizer.

Mas Paul não estava prestando absolutamente nenhuma atenção em Kelly. Seu olhar azul-gelo continuava grudado em mim.

– E então, Suze? – gritou ele, acima do barulho de portas de armários e do burburinho (ainda que supostamente nós devêssemos ficar em silêncio durante as trocas de salas, para não perturbar os turistas). – Vai admitir ou não?

– Você está precisando de psicoterapia intensiva – falei balançando a cabeça.

Então comecei a passar por eles.

– Paul. – Agora Kelly estava puxando o casaco de couro de Paul, o tempo todo lançando olhares nervosos para mim. – Paul, alô. Terra para Paul. A eleição. Lembra? A eleição? Esta tarde?

Então Paul fez uma coisa que, como percebi logo depois, entraria para os anais da Academia da Missão – e não somente porque Cee Cee viu também e anotou para informar mais tarde no jornal estudantil. Não, Paul fez uma coisa que ninguém, com a possível exceção de mim, tinha feito em todos os 11 anos em que Kelly freqüentava a escola.

Deu um fora nela.

– Por que você não pode me deixar sozinho por cinco minutos, droga? – falou arrancando o casaco de entre os dedos dela.

Kelly, tão pasma como se tivesse levado um tapa, ficou dizendo:

– O... o quê?

– Você ouviu – disse Paul. Ainda que ele não parecesse ter consciência disso, todo mundo na passagem coberta tinha parado subitamente para ver o que eles estavam fazendo, só para saber o que ele faria em seguida. – Eu estou de saco cheio de você, dessa eleição estúpida e dessa escola estúpida. Sacou? Agora saia da minha frente, antes que eu diga alguma coisa de que possa me arrepender.

Kelly ficou boquiaberta, como se estivesse no consultório do dentista.

– Paul! – disse ela, perplexa. – Mas... mas... a eleição... os chocolates...

Paul apenas olhou para ela.

– Pegue seus chocolates e enfie no...

– Sr. Slater! – Uma das noviças encarregadas de patrulhar a passagem entre as aulas, para se certificar de que nenhum de nós fizesse barulho demais, bateu com o punho em Paul. – Vá para a sala do diretor, imediatamente!

Paul sugeriu à noviça alguma coisa que eu tinha bastante certeza que iria lhe garantir uma suspensão, se não a expulsão. Na verdade o negócio foi tão exagerado que até *eu* ruborizei por ele, e *eu* tenho três meios-irmãos, dois dos quais usam esse tipo de linguagem regularmente quando seu pai não está por perto.

A noviça irrompeu em lágrimas e foi correndo procurar o padre Dominic. Paul olhou a pequena figura de hábito preto correndo, depois olhou para Kelly, que também estava chorando. Depois olhou para mim.

Havia muita coisa naquele olhar. Raiva, impaciência, nojo.

Mas acima de tudo – e não acho que estivesse enganada – havia mágoa. Sério. Paul estava magoado pelo que eu tinha dito.

Nunca me ocorreu que Paul pudesse ficar magoado.

Talvez o que eu disse a Jesse – que Paul era solitário – estivesse certo, afinal de contas. Talvez o cara realmente só precisasse de um amigo.

Mas certamente não estava fazendo muitos na Academia da Missão, isso era certo.

ASSOMBRADO

Um segundo depois ele havia rompido o contato visual comigo, virado e saído da escola. Pouco depois ouvi o motor de seu conversível e depois o guincho dos pneus no asfalto do estacionamento.

E Paul tinha ido embora.

– Bem – disse Cee Cee não pouco satisfeita quando chegou perto de mim. – Acho que isso cuida da eleição, não é?

Depois segurou meu punho, estilo vitória em luta de box.

– Uma salva de palmas para a senhora vice-presidente!

Capítulo 15

Paul não voltou à escola naquele dia.

Não que alguém esperasse. Uma espécie de boletim de busca e apreensão circulou pela décima primeira série, dizendo que, se Paul voltasse, seria posto em suspensão automática por uma semana. Debbie Mancuso ouviu de uma garota da sexta série que ouviu da secretária do padre Dom, enquanto ela estava lá entregando um aviso de atraso.

Parecia que o melhor era Paul ficar longe até as coisas esfriarem um pouco. Diziam que a noviça que ele tinha xingado ficou histérica e teve de ir descansar na sala das noviças com uma compressa fria na testa até se recuperar. Eu tinha visto o padre Dom com o rosto sério, andando de um lado para o outro diante da porta da sala das noviças. Pensei em ir até ele dando uma de "Eu não disse?". Mas ia ser como bater num cachorro morto, por isso fiquei longe.

Além disso ainda estava furiosa com ele por causa do negócio do Jesse. Quanto mais pensava nisso, com mais raiva ficava. Era como se os dois tivessem conspirado contra mim. Como se eu fosse apenas uma garota estúpida de 16 anos com uma paixonite em que eles tinham de dar um jeito. O estúpido do Jesse estava apavorado demais até mesmo para me dizer na cara que não gostava de mim. O que ele achava que eu ia fazer? Dar-lhe um soco na cara? Bem, agora eu certamente estava a fim.

Ao mesmo tempo em que só queria me enrolar em algum lugar e morrer.

Acho que não estava sozinha nesse sentimento. Kelly Prescott também parecia muito mal. Mas enfrentava a situação de vítima melhor do que eu. Rasgou dramaticamente a parte *Slater* do embrulho de todas as barras de chocolate que restavam. Depois escreveu *Simon* do lado de dentro. Parecia que eu e ela éramos candidatas na mesma chapa de novo.

Ganhei por unanimidade a vice-presidência da turma do primeiro ano do segundo grau na Academia da Missão Junipero Serra, a não ser por um único voto em Brad Ackerman. Ninguém se perguntou muito quem teria votado em Brad. Ele nem tentou disfarçar a própria letra.

Mas todo mundo perdoou, por causa da festa que ele ia dar naquela noite. Os convidados tinham sido instruídos a só chegar depois das dez, quando estava decidido que Jake, depois de seu turno na Peninsula Pizza, chegaria com o barril e várias dúzias de pizzas. Andy e mamãe tinham deixado um bilhete na geladeira naquela manhã, listando onde poderiam ser encontrados e nos proibindo de receber convidados para dormir enquanto eles estavam fora. Brad achou isso particularmente hilário.

De minha parte, eu tinha coisas mais importantes com que me preocupar do que uma estúpida festa na piscina.

Só que Cee Cee e Adam queriam sair depois da aula para comemorar a vitória – que na verdade tinha sido vazia, já que meu adversário basicamente fora chutado da escola. Mas Adam apareceu com uma garrafa de sidra para a ocasião. Ele e Cee Cee tinham trabalhado tanto na minha campanha, à qual eu contribuíra exatamente com nada... bem, a não ser com um *slogan*. Senti tanta culpa que fui de carro com eles até a praia depois da aula, e fiquei por tempo suficiente para brindar ao pôr-do-sol, um costume que datava desde a primeira vez em que ganhara uma eleição estudantil, logo que mudei para Carmel, havia oito meses.

Quando cheguei em casa descobri várias coisas. Uma: alguns dos convidados tinham começado a chegar cedo, dentre eles Debbie Mancuso, que sempre teve uma certa paixonite por Brad, desde a noite em que eu peguei os dois agarrados no vestiário da piscina na casa de Kelly Prescott. E dois: ela sabia tudo sobre Jesse.

Ou pelo menos pensava que sabia.

– Então quem é esse cara que Brad disse que você está namorando, Suze? – perguntou ela, parada junto ao balcão da cozinha, artisticamente empilhando copos de plástico como preparativo para a chegada do barril. Brad estava lá fora, com dois colegas, botando uma boa dose de cloro na piscina, sem dúvida em antecipação a todas as bactérias com as quais ela se encheria assim que seus amigos mais desagradáveis mergulhassem.

Debbie estava toda vestida para a festa, o que incluía uma miniblusa e aquelas calças fofas de odalisca que, pelo que imaginei, ela pensava que escondiam o tamanho de sua bunda, que não era pequena, mas que na verdade só a faziam parecer maior. Não gosto de falar mal das pessoas do meu sexo, mas Debbie Mancuso realmente é meio parasita. Ela vinha sugando Kelly há anos. Eu só esperava que ela não virasse o sugador para mim em seguida.

— Só um cara — falei friamente, passando por ela para pegar um refrigerante *diet* na geladeira. Ia precisar de um barato de cafeína, eu sabia, para me fortificar para a noite — primeiro confrontando Jesse, depois a festa.

— Ele estuda na RLS? — quis saber Debbie.

— Não — falei abrindo o refrigerante. Eu vi que Brad tinha retirado o bilhete de Andy e minha mãe. Bem, era meio embaraçoso, acho. — Ele não está no segundo grau.

Os olhos de Debbie se arregalaram. Ela ficou impressionada.

— É mesmo? Então está na faculdade? Jake conhece ele?

— Não.

Quando não aprofundei mais, Debbie falou:

— Hoje foi bem estranho, não foi? O negócio do tal de Paul.

– É. – Eu imaginei se Jesse estaria lá em cima ou não, me esperando, ou se simplesmente iria embora sem se despedir. Pelo modo como as coisas andavam ultimamente, eu estava apostando na segunda hipótese.

– Eu meio que... quero dizer, umas garotas andaram falando... – Debbie, que nunca foi a pessoa mais articulada, parecia estar tendo mais dificuldade do que o normal para desembuchar o que queria dizer. – Que o tal de Paul parece que... gosta de você.

– É? – Eu sorri sem calor. – Bom, pelo menos alguém gosta.

Então subi a escada até o meu quarto.

Na subida encontrei David descendo. Ele estava carregando um saco de dormir, uma mochila e o laptop que tinha ganhado numa colônia de férias de informática por ter criado o videogame mais avançado. Max vinha atrás, na coleira.

– Aonde você vai? – perguntei.

– Para a casa do Todd. – Todd era o melhor amigo de David. – Ele disse que Max e eu podíamos passar a noite lá. Quero dizer, parece que ninguém vai conseguir dormir por aqui hoje.

– Sábia decisão – falei, aprovando.

– Você deveria fazer a mesma coisa. Ficar na casa de Cee Cee.

– Eu ficaria – falei saudando-o com meu refrigerante. – Mas tenho uma coisinha para fazer aqui.

David deu de ombros.

– Certo. Mas não diga que eu não avisei.

Então ele e Max continuaram descendo a escada.

Não fiquei surpresa ao ver que Jesse não estava no meu quarto quando entrei. Covarde. Chutei os chinelos para longe, entrei no banheiro e tranquei a porta. Não que portas trancadas fizessem diferença para os fantasmas. E não que Jesse fosse aparecer, de qualquer modo. Eu só me sentia mais segura assim.

Então enchi a banheira e entrei, deixando a água quente acariciar meus pés sofridos e aliviar o corpo cansado. Uma pena não haver nada que eu pudesse fazer para o coração dolorido. Talvez chocolate ajudasse, mas por azar eu não tinha nenhum no banheiro.

A pior parte de tudo era que, no fundo, eu sabia que o padre Dom estava certo sobre a mudança de Jesse. Era melhor assim. Quero dizer, qual era a alternativa? Que ele ficasse aqui, e eu simplesmente continuasse dando em cima? O amor não correspondido é legal nos livros e coisa e tal, mas na vida real é um horror.

Só que – e essa era a parte que mais doía – eu poderia ter jurado, naquele dia, semanas atrás, quando ele me beijou, que ele sentia alguma coisa por mim. Verdade. E não estou falando do que eu tinha sentido pelo Paul, que, encaremos a coisa, era tesão. Eu gostava da forma do cara, admito. Mas não o amava.

Eu tinha tanta certeza – tanta – de que Jesse me amava!

Mas obviamente estava errada. Bom, eu estava errada na maior parte do tempo. Então qual a novidade?

ASSOMBRADO

Depois de ficar de molho um tempo, saí da banheira. Refiz os curativos nos pés e vesti meus jeans mais confortáveis, cheios de buracos, os que mamãe disse que eu nunca teria permissão de usar em público e que ela vivia ameaçando jogar fora, com uma camiseta de seda preta.

Depois voltei para o quarto e achei Jesse sentado em seu lugar de sempre no banco da janela, com Spike no colo.

Ele sabia. Eu vi com um único olhar que ele sabia que o padre Dom tinha conversado comigo e só estava esperando – cautelosamente – para ver qual seria a reação.

Não querendo desapontá-lo, falei muito educadamente:

– Ah, você ainda está aqui? Pensei que já tinha se mudado para a reitoria.

– Suzannah – disse ele. Sua voz estava baixa como a de Spike quando rosnava para Max através da porta do meu quarto.

– Não me deixe impedir você – falei. – Ouvi dizer que vai haver um bocado de atividade lá na missão esta noite. Sabe, os preparativos para a grande festa de amanhã. Ouvi dizer que vai haver um monte de *piñatas* para encher. Você vai achar o maior barato.

Ouvi as palavras saindo da boca, mas juro que não sei de onde vinham. Eu tinha me dito, na banheira, que ia ser madura e sensata com relação àquilo tudo. E aqui estava eu, sendo irritante e infantil, e ainda não tinha se passado um minuto de conversa.

– Suzannah – disse Jesse ficando de pé. – Você deveria saber que é melhor assim.

— Ah — falei dando de ombros para mostrar como eu estava muito, muito despreocupada com a coisa toda. — Claro. Dê minhas lembranças à irmã Ernestine.

Ele só ficou ali parado, me olhando. Eu não podia decifrar sua expressão. Se pudesse, não teria me deixado apaixonar por ele. Você sabe, por causa do negócio de ele não me amar. Seus olhos eram escuros — tão escuros quanto os de Paul eram claros — e inescrutáveis.

— Então é só isso que você tem a me dizer? — disse ele, parecendo com raiva, por motivos que eu nem podia começar a avaliar.

Eu não podia acreditar. O cara tinha peito! Imagine, ele com raiva de *mim*!

— É — falei. Depois me lembrei de uma coisa. — Ah, não, espera.

Os olhos escuros relampejaram.

— O quê?

— Craig. Eu esqueci do Craig. Como ele está?

Os olhos escuros ficaram sombrios de novo. Jesse pareceu quase desapontado. Como se *ele* tivesse algo para estar desapontado! Era *eu* que estava com o coração sendo arrancado do peito.

— Está igual. Infeliz por ter morrido. Se você quiser, eu posso pedir ao padre Dominic...

— Ah — falei. — Acho que você e o padre Dominic já fizeram o bastante. Eu cuido do Craig sozinha, acho.

— Ótimo.

— Ótimo.

– Bem... – Os olhos escuros se cravaram nos meus. – Adeus, Suzannah.

Mas Jesse não se mexeu. Em vez disso fez uma coisa que eu não esperava nem um pouco. Estendeu a mão e tocou no meu rosto.

– Suzannah – disse ele. Seus olhos escuros, cada um contendo uma minúscula estrela branca do reflexo da luz do meu quarto, se cravaram nos meus. – Suzannah, eu...

Só que eu não soube o que Jesse ia dizer em seguida, porque a porta do meu quarto se abriu de repente.

– Desculpe interromper – disse Paul Slater.

Capítulo 16

Paul. Eu tinha me esquecido dele. Dele e do quê, exatamente, ele e eu tínhamos feito nesses últimos dias.

E era um monte de coisas que eu particularmente não queria que Jesse ficasse sabendo.

– Bateu muito na porta? – perguntei a Paul, esperando que ele não notasse o pânico na minha voz enquanto Jesse e eu nos separávamos.

– Bem – disse Paul, parecendo bastante convencido para um cara que tinha sido suspenso da escola naquele dia. – Eu ouvi toda a balbúrdia e achei que você estava com convidados. Não percebi, claro que você estava recebendo o Sr. De Silva.

Jesse, eu vi, estava encarando o olhar irônico de Paul com uma expressão bastante hostil.

– Slater – disse Jesse numa voz não particularmente agradável.

A MEDIADORA

– Jesse – disse Paul em tom ameno. – Como vai, esta noite?

– Estava melhor antes de você entrar.

As sobrancelhas escuras de Paul se levantaram, como se ele estivesse surpreso em ouvir isso.

– Mesmo? Então Suze não contou as novidades?

– Que no... – Jesse começou a perguntar, mas eu interrompi rapidamente.

– Sobre os deslocadores? – Eu entrei na frente de Jesse, como se ao fazer isso pudesse protegê-lo da coisa pouco agradável que achava que Paul ia fazer. – E a coisa de transferência de almas? Não, ainda não tive chance de contar isso a Jesse. Mas vou contar. Obrigado por ter passado aqui.

Paul só riu para mim. E alguma coisa naquele riso fez meu coração acelerar de novo...

E não porque alguém estava tentando me beijar.

– Não é por isso que eu estou aqui – disse Paul, mostrando todos os seus dentes muito brancos.

Senti Jesse ficar tenso ao meu lado. Ele e Spike estavam se comportando com antagonismo extraordinário com relação a Paul. Spike tinha pulado no banco da janela e, com todo o pêlo eriçado, rosnava alto para Paul. Jesse não estava sendo tão óbvio em seu desprezo pelo cara, mas eu achei que era apenas questão de tempo.

– Bem, se você veio para a festa do Brad – falei rapidamente – parece meio perdido. É lá embaixo, e não aqui.

– Eu também não estou aqui pela festa. Vim para devolver isso. – Ele enfiou a mão no bolso dos jeans e tirou uma coisa pequena e escura. – Você deixou no meu quarto no outro dia.

Olhei para o que ele segurava na mão estendida. Era o prendedor de cabelo, de tartaruga, o que tinha sumido. Mas não desde que eu tinha estado no quarto dele. Eu tinha sentido falta dele desde a segunda-feira de manhã, o primeiro dia de aula. Devo ter deixado cair, e ele pegou.

Pegou e segurou a semana inteira, só para poder jogar na cara de Jesse, como estava fazendo agora.

E arruinar minha vida. Porque Paul era isso. Não um mediador. Não um deslocador. Um arruinador.

Um rápido olhar para Jesse me mostrou que aquelas palavras faladas em tom casual – *Você deixou no meu quarto no outro dia* – tinham acertado no alvo, sem dúvida. Jesse parecia ter levado um soco no estômago.

Eu sabia como ele se sentia. Paul provocava esse efeito nas pessoas.

– Obrigada – falei, pegando o prendedor na sua mão. – Mas eu perdi na escola, e não na sua casa.

– Tem certeza? – Paul sorriu para mim. Era espantoso como ele parecia inocente quando queria. – Eu podia jurar que você deixou na minha cama.

O punho veio de lugar nenhum. Juro que não vi chegando. Num minuto eu estava ali parada, imaginando como explicaria isso a Jesse, e a próxima coisa que vi foi o punho de Jesse entrando na cara de Paul.

Paul também não tinha visto. Caso contrário teria se desviado. Apanhado totalmente desprevenido, ele foi girando direto até minha penteadeira. Frascos de perfume e de esmalte de unha choveram quando o corpo de Paul colidiu pesadamente com a penteadeira.

– Certo – falei, entrando rapidamente entre os dois de novo. – Certo. Chega. Jesse, ele só está tentando pegar no seu pé. Não foi nada, certo? Eu fui à casa dele porque ele disse que sabia umas coisas sobre algo chamado transferência de almas. Pensei que talvez fosse alguma coisa que poderia ajudar a você. Mas juro, foi só isso. Nada aconteceu.

– Nada aconteceu – disse Paul, com a voz cheia de diversão enquanto ficava de pé. Sangue pingava de seu nariz em toda a frente da camisa, mas ele não parecia notar. – Diga uma coisa, *Jesse*. Ela suspira quando você a beija, também?

Eu queria me matar. Como ele podia fazer isso? Como podia?

A verdadeira pergunta, claro, era: como *eu* podia? Como eu podia ter sido tão estúpida a ponto de deixar que ele me beijasse assim? Porque eu *tinha* deixado – tinha até retribuído o beijo. Nada disso teria acontecido se eu tivesse tido um pouco mais de controle.

Naquele dia eu estava magoada, estava com raiva, e estava – encaremos os fatos – solitária.

Como Paul.

Mas nunca tinha pretendido magoar ninguém de propósito.

Dessa vez o punho de Jesse mandou-o girando até o banco da janela, onde Spike, não muito feliz com o que estava acontecendo, soltou um chiado e pulou pela janela aberta até o teto da varanda. Paul aterrissou de cara. Quando levantou a cabeça, eu vi sangue em cima das almofadas de veludo.

– Já *chega* – falei de novo, pegando o braço de Jesse enquanto ele preparava outro soco. – Meu Deus, Jesse, você não vê o que ele está fazendo? Está tentando deixar você maluco. Não lhe dê essa satisfação.

– Não é isso que eu estou tentando fazer – disse Paul no chão. Ele tinha rolado a cabeça para trás, perto da almofada suja de sangue e estava beliscando o nariz para estancar a maré de sangue que jorrava mais ou menos livremente. – Estou tentando deixar claro para o Jesse que você precisa de um namorado de verdade. Puxa, qual *é*! Quanto tempo você acha que isso vai durar? Suze, eu não disse antes, mas vou dizer agora porque sei no que você esteve pensando. A transferência de almas só funciona se você arrancar a alma que estiver ocupando um corpo e depois jogar a alma de outro dentro. Em outras palavras, é *assassinato*. E sinto muito, mas você não me parece uma assassina. Seu garoto Jesse vai ter de entrar na luz um dia desses. Você só está segurando o cara...

Senti o braço de Jesse se mover convulsivamente, por isso joguei todo o meu peso nele.

– Cale a boca, Paul – falei.

– E você, Jesse? Quero dizer, que diabo você pode dar a ela? – Agora Paul estava rindo, apesar do sangue que continuava pingando do rosto. – Você nem pode pagar um café para ela...

Jesse explodiu da minha mão. É o único modo como posso descrever. Num minuto ele estava ali, no outro estava em cima de Paul, e os dois estavam com as mãos apertando o pescoço um do outro. Foram batendo no chão com força suficiente para sacudir toda a casa.

Não que alguém pudesse ouvi-los, eu tinha certeza. Brad tinha ligado o som lá embaixo, e agora a música pulsava pelas paredes. Hip-hop, a predileta de Brad. Eu tinha certeza de que os vizinhos gostariam de ser acalentados a noite toda por aquelas doces melodias.

No chão, Jesse e Paul rolavam. Pensei em bater na cabeça deles com alguma coisa. O fato era que os dois eram tão cabeças-duras que provavelmente não adiantaria nada. Argumentar com eles não tinha ajudado. Eu precisava fazer alguma coisa. Eles iam se matar e seria tudo minha culpa. Minha estúpida culpa.

Não sei o que pôs a idéia do extintor de incêndio na minha cabeça. Eu estava ali parada, olhando perplexa Jesse jogar Paul com força contra minha estante, quando de repente foi tipo: *ah, sim. O extintor.* Virei-me e saí do quarto, desci correndo a escada com a pulsação da música ficando cada vez mais alta (e os sons da briga no meu quarto ficando mais distantes) a cada passo.

Embaixo, a festa de Brad estava no pique total. Dezenas de corpos pouco vestidos apinhavam a sala de estar, girando e dançando no ritmo. Metade deles eu nem reconhecia. Então percebi que eram os amigos de Jake, da faculdade. Na pressa vi Neil Jankow segurando um daqueles copos de plástico azul que Debbie Mancuso tinha empilhado com tanto cuidado no balcão da cozinha. Neil derramou espuma em toda parte quando passei esbarrando nele.

Então Jake tinha chegado com o barril, agora eu sabia.

Tive de me achatar na parede só para passar pelas pessoas apinhadas no corredor para a cozinha. Assim que cheguei, vi que lá também estava cheio de gente que eu nunca tinha visto. Um olhar pela porta deslizante de vidro revelou que a piscina, projetada para poucas pessoas, estava com umas trinta, na maioria montadas umas nas outras. Era como se minha casa tivesse virado subitamente a Mansão da Playboy. Não dava para acreditar.

Achei o extintor de incêndio debaixo da pia, onde Andy o mantinha para o caso de a gordura pegar fogo no fogão. Precisei gritar "com licença" até ficar rouca, antes de alguém se mexer o suficiente para me deixar voltar ao corredor. Quando finalmente cheguei, fiquei chocada ao ouvir alguém gritando meu nome. Virei-me e ali, para minha absoluta perplexidade, estava Cee Cee com Adam.

– O que vocês estão fazendo aqui? – gritei para eles.

– Nós fomos convidados – gritou Cee Cee de volta. Meio sem graça, notei. Achei que talvez os dois estivessem recebendo alguns olhares estranhos. Eles não circulavam no mesmo meio social do meu meio-irmão Brad, de jeito nenhum.

– Olha – disse Adam, levantando um dos panfletos de Brad. – Nós viemos legalmente.

– Bem, fantástico – falei. – Divirtam-se. Escutem, eu estou com uma complicação lá em cima...

– Nós vamos com você – gritou Cee Cee. – Aqui embaixo está barulhento demais.

Eu sabia que não estaria mais tranqüilo no meu quarto. Além disso havia toda a coisa de Paul Slater lutando com o fantasma de meu suposto namorado lá em cima.

– Fiquem aqui – falei. – Eu volto num minuto.

Mas Adam notou o extintor e disse:

– Legal! Efeitos especiais. – E partiu atrás de mim.

Não havia nada que eu pudesse fazer. Quero dizer, eu tinha de voltar para cima se quisesse impedir Paul e Jesse de se matarem – ou pelo menos impedir Jesse de matar Paul, já que Jesse, claro, já estava morto. Cee Cee e Adam teriam de enfrentar o que quer que vissem, caso fossem atrás de mim.

Eu esperava despistá-los na escada, mas essas esperanças foram destruídas quando, depois de finalmente chegar à escada, vi Paul e Jesse rolando por ela.

Pelo menos foi o que eu vi. Os dois atracados numa luta de vida ou morte, rolando escada abaixo um em cima do outro, cada um segurando a roupa do outro.

Não foi o que Cee Cee e Adam – ou qualquer outra pessoa que estivesse olhando na hora – viram. O que viram foi Paul Slater, sangrando e machucado, cair pela minha escada e aparentemente batendo... bem, em si mesmo.

– Ah, meu Deus – gritou Cee Cee, enquanto Paul (ela não podia ver que Jesse também estava ali) caía com estrondo aos seus pés. – Suze! O que está acontecendo?

ASSOMBRADO

Jesse se recuperou antes de Paul. Ficou de pé, abaixou-se, pegou Paul pelos braços e puxou-o, para poder bater nele de novo.

Não foi o que Cee Cee, Adam e todos os outros que por acaso estavam olhando na direção da escada naquele momento viram. O que viram foi Paul ser puxado para cima por alguma força invisível e depois jogado, por um soco invisível, para o outro lado da sala.

Boa parte dos giros pararam. A música continuou batucando, mas ninguém dançava mais. Todo mundo só estava ali parado, olhando Paul.

– Ah, meu Deus – gritou Cee Cee. – Ele está *drogado*?

Adam balançou a cabeça, dizendo:

– Isso explicaria muita coisa sobre o cara.

Enquanto isso Jake, aparentemente alertado por alguém, entrou na sala de estar, deu uma olhada para Paul se retorcendo no chão (com as mãos de Jesse em volta do pescoço, ainda que eu fosse a única que pudesse ver isso) e disse:

– Ah, meu Deus.

Então, me vendo com o extintor de incêndio, Jake se aproximou, tirou-o de mim e mandou um jato de espuma branca na direção de Paul.

Mas não adiantou muito. Só fez com que os dois rolassem para a sala de jantar – fazendo um bocado de gente pular do caminho – e depois se chocar contra o armário de louças de mamãe – que, claro, balançou e caiu, despedaçando todos os pratos de dentro.

Jake ficou pasmo.

— O que está acontecendo com esse cara? Está doido?

Neil Jankow, que estivera parado ali perto com seu copo de cerveja ainda na mão, disse:

— Talvez ele esteja tendo um ataque. É melhor alguém chamar uma ambulância.

Jake ficou alarmado.

— Não — gritou. — Não, nada de polícia! Ninguém chame a polícia!

Pelo menos foi o que ele estava dizendo até o momento em que Jesse jogou Paul para o deque, através da porta deslizante.

Foi a chuva de vidro que finalmente alertou todas as pessoas da piscina para a batalha de vida ou morte que estivera acontecendo dentro da casa. Gritando, lutaram para sair do caminho do corpo de Paul que se sacudia, mas descobriram que a rota de fuga estava perigosamente impedida por cacos de vidro quebrado. Descalças, as pessoas da piscina não tinham para onde ir enquanto Paul e Jesse trocavam socos no deque.

Brad, um dos que estavam presos na piscina – com Debbie Mancuso pendurada nele como um peixe piloto – olhava incrédulo para o buraco enorme onde estivera a porta de vidro. Então trovejou:

— Slater! Você vai pagar uma porta nova, seu escroto!

Mas Paul não tinha condições de prestar muita atenção. Porque estava lutando apenas para respirar. Jesse o havia agarrado pelo pescoço e estava segurando-o por cima da borda da piscina.

— Você vai ficar longe dela? – perguntou Jesse, enquanto as luzes do fundo da banheira os envolviam num brilho azul fantasmagórico.

Paul gorgolejou:

— De jeito nenhum!

Jesse enfiou a cabeça de Paul debaixo d'água e segurou-a ali.

Neil, que tinha seguido Jake para o deque, apontou e gritou:

— Agora ele está tentando se afogar! Ackerman, é melhor você fazer alguma coisa, e rápido.

— Jesse! – gritei. – Solte-o. Não vale a pena.

Cee Cee olhou em volta.

— Jesse? – ecoou ela, confusa. – Ele está aqui?

Jesse se distraiu o suficiente para afrouxar um pouco o aperto, e Jake, com a ajuda de Neil, pôde puxar Paul para cima, ofegando, agora com o sangue misturado à água clorada em toda a frente de sua camisa.

Eu não podia mais suportar.

— Vocês têm de parar com isso – falei para Jesse e Paul. – Já chega. Vocês arrebentaram com minha casa. Arrebentaram um com o outro. E... – acrescentei a última frase enquanto olhava em volta e via todos os olhares curiosos e meio apavorados apontados para mim – ...acho que praticamente destruíram a pouca reputação que eu já tive.

Mas antes que Jesse ou Paul pudessem responder, outra voz interveio.

– Não acredito que vocês tinham um barril de cerveja e ninguém me convidou – disse Craig Jankow, materializando-se à esquerda do irmão. – Sério – continuou Craig, enquanto eu lançava um olhar incrédulo –, isso é bem legal. Vocês, mediadores, realmente sabem dar uma festa.

Mas Jesse não estava prestando qualquer atenção ao recém-chegado. Ele disse a Paul:

– Nunca mais chegue perto dela de novo. Entendeu?

– Vá se catar – sugeriu Paul.

E estava de volta à banheira, espirrando água. Jesse o arrancou das mãos de Jake.

A surpresa foi que dessa vez Neil afundou com Paul. Porque Craig, aprendendo rapidamente, tinha decidido ir em frente e seguir com seu negócio de "se eu estou morto meu irmão também deveria estar", agora que Jesse tinha mostrado como.

– Neil! – gritou Jake, tentando puxar Paul e seu amigo (que, pelo que ele sabia, tinha mergulhado inexplicavelmente de cara na água) do fundo da banheira. O que ele não sabia, claro, era que mãos fantasmagóricas estavam segurando os dois no fundo.

Mas eu sabia. Também sabia que não havia nada que qualquer um de nós pudesse fazer para que elas os soltassem. Os fantasmas têm força sobre-humana. Não havia como nenhum de nós conseguir que eles desistissem das vítimas. Pelo menos até elas estarem mortas como... bem, como seus assassinos.

E por isso eu sabia que teria de fazer uma coisa que realmente não queria fazer. Só não via outra saída. As ameaças não tinham dado certo. A força bruta não tinha dado certo. Só tinha um jeito.

Mas eu realmente, realmente não queria usá-lo. Meu peito estava apertado de medo. Eu mal podia respirar, de tão apavorada. Quero dizer, na última vez em que estivera naquele lugar, quase morri. E não tinha como saber se Paul tinha me dito a verdade ou não. E se eu tentasse fazer o que ele disse e terminasse num lugar ainda pior do que onde havia parado antes?

Se bem que seria difícil imaginar um lugar pior.

Mesmo assim, que opção eu tinha? Nenhuma.

Só que realmente, *realmente* não queria fazer.

Mas acho que a gente nem sempre tem o que quer.

Com o coração na garganta, enfiei as mãos na água quente e borbulhante e agarrei duas camisas. Nem sabia de quem eram as roupas que tinha segurado. Só sabia que esse era o único modo que eu conhecia para impedir um assassinato.

Então fechei os olhos e visualizei aquele lugar que nunca esperava ver de novo.

E quando abri os olhos, estava lá.

Capítulo 17

Eu não estava sozinha. Paul estava comigo. E Craig Jankow também.

– Que diab...? – Craig olhou para um lado e outro do corredor comprido e num silêncio fantasmagórico que contrastava com o barulho da festa de Brad. – Onde é que nós estamos?

– Onde você deveria estar há muito tempo – disse Paul, cuidadosamente espanando fiapos de sua camisa (se bem que, como este era um plano alternativo e só sua consciência, mas não seu corpo, estava ali, não havia fiapos para espanar). Para mim, Paul disse com um sorriso: – Bom trabalho, Suze. E olha que foi sua primeira tentativa.

– Cala a boca. – Eu não estava no clima para amenidades. Estava num lugar onde realmente, realmente não queria estar... um lugar que, toda vez em que voltava a ele nos meus pesadelos, me deixava completamente esgotada física e emocionalmente. Um lugar que sugava minha vida... para não mencionar minha coragem. – Não estou exatamente feliz com isso.

– Dá para ver. – Paul levantou a mão e tateou o nariz. Como estávamos no mundo dos espíritos, e não no real, ele não sangrava mais. Suas roupas também não estavam molhadas. – Você sabe que o fato de estarmos aqui em cima significa que nossos corpos, lá embaixo, estão inconscientes.

– Sei – respondi olhando nervosamente para um lado e outro do corredor cheio de névoa. Como nos sonhos, eu não podia ver o que havia em cada extremidade. Era só uma fileira de portas que pareciam continuar para sempre.

– Bem – disse Paul –, isso deve atrair a atenção de Jesse, de qualquer modo. Você subitamente entrando em coma, quero dizer.

– Cala essa boca – falei de novo. Sentia vontade de chorar. Realmente. E odeio chorar. Quase mais do que odeio cair em poços sem fundo. – Isso tudo é sua culpa. Você não devia ter provocado o Jesse.

– E você – disse Paul com uma fagulha de raiva – não deveria andar por aí beijando...

– Com licença – interrompeu Craig. – Mas alguém poderia me dizer exatamente o que...

– Cala a boca – dissemos Paul e eu, exatamente ao mesmo tempo.

Então, para Paul, eu falei com a voz embargada:

– Olha, eu lamento o que aconteceu na sua casa. Certo? Eu perdi a cabeça. Mas isso não significa que alguma coisa esteja acontecendo entre nós.

– Você perdeu a cabeça – respondeu Paul, inexpressivo.

– Isso mesmo. – Os pêlos da minha nuca estavam ficando de pé. Eu não gostava desse lugar. Não gostava da névoa branca que lambia minhas pernas. Não gostava do silêncio sepulcral. E não gostava especialmente de não poder ver mais do que poucos metros adiante. Quem sabia onde o chão iria sumir debaixo dos pés?

– E se eu quiser que haja alguma coisa entre nós? – perguntou ele.

– Azar.

Ele olhou para Craig, que estava começando a andar pelo corredor, olhando com interesse as portas fechadas de cada lado.

– E quanto ao deslocamento? – perguntou Paul.

– O que é que tem?

– Eu disse a você como fazer, não disse? Bem, há outras coisas que eu posso lhe mostrar. Coisas que você nunca sonhou que poderia fazer.

Parei. Pensei no que ele tinha dito naquela tarde em seu quarto, sobre transferência de alma. Havia uma parte de mim que queria saber do que se tratava. Havia uma parte de mim que queria tremendamente saber sobre isso.

Mas também havia uma grande parte que não queria ter nada a ver com Paul Slater.

— Qual é, Suze. Você sabe que está doida para saber. Toda a sua vida você esteve pensando em quem, ou no quê, você é realmente. E eu estou dizendo que tenho as respostas. Eu *sei*. E vou ensinar, se você permitir.

Encarei-o, furiosa.

— E o que *você* ganha com essa oferta magnânima?

— O prazer de sua companhia – disse ele com um sorriso.

Falou isso casualmente, mas eu soube que não havia nada de casual naquilo. Motivo pelo qual, apesar de estar doida para descobrir mais sobre todas as coisas que ele dizia saber, fiquei relutante em aceitar a oferta. Porque havia um ardil. E o ardil era que eu teria de passar tempo com Paul Slater.

Mas talvez valesse a pena. Quase. E não porque eu finalmente poderia ter alguma idéia da verdadeira natureza de nosso suposto dom, mas porque finalmente eu poderia ser capaz de garantir a segurança de Jesse... pelo menos com relação a Paul.

— Certo – falei.

Dizer que Paul ficou surpreso seria o eufemismo do ano. Mas antes que ele pudesse dizer alguma coisa, acrescentei, carrancuda:

— Mas Jesse está fora dos limites para você. Chega de insultos. Chega de brigas. E chega de exorcismos.

Uma das escuras sobrancelhas de Paul se levantou.

— Então é assim que é – disse ele lentamente.

— É. É assim que é.

Paul não falou nada por um tempo tão longo que eu achei que ele queria esquecer a coisa toda. O que, para mim, estaria ótimo. Mais ou menos. A não ser pela parte do Jesse.

Mas então Paul deu de ombros e disse:

– Por mim, tudo bem.

Encarei-o, mal ousando acreditar nos meus ouvidos. Será que eu tinha engendrado – com grande sacrifício pessoal, admito – a liberação de Jesse?

Foi o jeito casual de Paul com relação à coisa toda que me convenceu de que sim. Especialmente sua reação a Craig, quando este estendeu a mão, sacudiu uma das maçanetas e gritou:

– Ei, o que tem atrás dessas portas?

– Sua recompensa merecida – disse Paul com um risinho.

Craig olhou, por cima do ombro, para Paul.

– Verdade? Minha recompensa merecida?

– Claro – disse Paul.

– Não ouça o que ele diz, Craig – falei. – Ele não sabe o que tem atrás das portas. Pode ser sua recompensa. Ou pode ser sua próxima vida. Ninguém sabe. Ninguém voltou por uma delas. Só se pode entrar.

Craig olhou especulativamente para a porta à sua frente.

– Próxima vida, hein?

– Ou salvação eterna – disse Paul. – Ou, dependendo do quanto você foi ruim, a danação eterna. Vá. Abra e descubra se você foi perverso ou gente fina.

Craig deu de ombros mas não afastou o olhar da porta à sua frente.

— Bem — disse ele. — Deve ser melhor do que ficar por aqui. Diga a Neil que eu lamento ter agido como um... você sabe. É só que, bem, é só que não foi muito justo.

Então ele encostou a mão na maçaneta e girou-a. A porta se abriu uma fração de centímetro...

E Craig desapareceu num clarão de luz tão ofuscante que eu tive de levantar as mãos para proteger os olhos.

— Bem — ouvi Paul dizendo alguns segundos depois. — Agora que ele está fora do caminho...

Baixei os braços. Craig tinha ido embora. Não restava nada onde ele estivera parado. Até a névoa parecia inalterada.

— Agora podemos sair daqui? — Paul deu um pequeno tremor. — Esse lugar me dá arrepios.

Tentei esconder minha perplexidade ao ver que Paul sentia exatamente o mesmo que eu em relação ao plano espiritual. Imaginei se ele também tivera pesadelos com aquilo. De algum modo, não parecia.

Mas achei que eu também não teria mais.

— Certo — falei. — Só que... como é que a gente volta?

— Do mesmo modo — disse Paul, fechando os olhos. — Só visualize.

Fechei os olhos, sentindo o calor dos dedos de Paul no meu braço e a lambida fria da névoa nas minhas pernas...

Um segundo depois o silêncio medonho tinha sumido, substituído pela música alta. E gritos. E sirenes.

Abri os olhos.

A primeira coisa que vi foi o rosto de Jesse, acima do meu. Estava pálido às luzes piscantes, vermelhas e azuis, da ambulância que tinha parado junto ao deque. Ao lado do rosto de Jesse estava o de Cee Cee, e ao lado do dela, o de Jake.

Cee Cee foi a primeira a falar:

– Ela acordou! Ah, meu Deus, Suze! Você acordou! Você está bem?

Sentei-me, grogue. Não me sentia muito bem. De fato, era como se alguém tivesse me dado uma cacetada. Dor de cabeça. Dor de cabeça latejante. Dor de cabeça capaz de provocar náuseas.

– Suzannah – o braço de Jesse estava em volta de mim. Sua voz, no meu ouvido, era ansiosa. – Suzannah, o que aconteceu? Você está bem? Aonde... aonde você foi? Onde está Craig?

– No lugar ao qual pertence – falei, encolhendo-me enquanto luzes vermelhas e brancas faziam minha dor de cabeça piorar mil vezes. – Neil... Neil está bem?

– Está ótimo, Suzannah. – Jesse parecia tão trêmulo quanto eu: bastante trêmulo. Eu não imaginava que os últimos cinco minutos tivessem sido tão fantásticos para ele. Quero dizer, comigo caída, inconsciente, e sem motivo aparente. Meus jeans estavam molhados de onde eu tinha caído na água da piscina. Só podia imaginar como meu cabelo estaria. Tive medo de passar por um espelho.

– Suzannah. – O modo de Jesse me segurar era possessivo. Deliciosamente possessivo. – O que aconteceu?

– Quem é Neil? – quis saber Cee Cee. Ela olhou preocupada para Adam. – Ah, meu Deus. Ela está delirando.

A MEDIADORA

– Eu conto mais tarde – falei olhando Cee Cee. A alguns metros de distância pude ver que Paul também estava se sentando. Diferentemente de Neil, sentado onde antigamente ficava a porta de vidro, ia se virando sem a ajuda de um paramédico. Mas, como Neil, Paul tossia um monte de água com cloro. E não somente seus jeans estavam molhados. Ele estava encharcado da cabeça aos pés. E o nariz sangrava profusamente.

– O que temos aqui? – Uma paramédica se ajoelhou perto de mim. Levantando meu pulso, começou a medir os batimentos.

– Ela apagou – disse Cee Cee oficiosamente. – E não, ela não bebeu nada.

– Há muita coisa acontecendo aqui – disse a paramédica. Ela verificou minhas pupilas. – Você bateu a cabeça também?

– Talvez tenha batido quando desmaiou – disse Cee Cee.

A paramédica olhou, desaprovando.

– Quando é que vocês vão aprender? O álcool não combina com piscinas.

Não me incomodei em argumentar que eu não estivera bebendo. Nem, por sinal, sentada na piscina. Afinal de contas estava totalmente vestida. Bastou que a paramédica me deixasse ir depois de dizer que meus sinais vitais estavam ótimos e que eu deveria beber muita água e ir dormir. Neil também recebeu carta branca. Eu o vi pouco depois, chamando um táxi pelo celular. Subi e disse a ele que agora era seguro usar seu carro. Ele só me olhou como se eu fosse maluca.

Paul não teve tanta sorte quanto Neil e eu. Seu nariz estava quebrado, por isso o levaram para a emergência. Eu o vi instantes depois de o empurrarem numa maca, e ele não parecia feliz. Deu uma olhada para mim pela lateral da tala que tinham grudado no seu rosto.

– Dor de cabeça? – perguntou numa voz nasalada.

– De matar.

– Esqueci de avisar a você. Sempre acontece, depois de um deslocamento.

Paul fez uma careta. Eu percebi que ele estava tentando sorrir.

– Eu voltarei – falou numa imitação lamentável do Exterminador do Futuro. Então os paramédicos vieram para empurrar sua maca.

Depois de Paul ter ido embora, olhei em volta procurando Jesse. Não fazia idéia do que diria a ele... talvez alguma coisa do tipo: você não vai ter de se preocupar mais com Paul.

Só que isso terminou não importando, porque eu não o vi em lugar nenhum. Em vez disso só vi Brad, ofegando muito, e vindo na minha direção.

– Suze – gritou ele. – Venha. Algum idiota chamou os canas. Vamos ter de esconder o barril antes que eles cheguem.

Eu só olhei para ele.

– De jeito nenhum – falei.

– Suze. – Brad estava em pânico. – Qual é! Eles vão confiscar o barril! Ou pior, vão prender todo mundo.

Olhei em volta e vi Cee Cee parada perto do carro de Adam. Gritei:

– Ei, Cee Cee. Posso passar a noite na sua casa?

Cee Cee gritou de volta:

– Claro. Se você me contar tudo que há para saber sobre o tal de Jesse.

– Não há o que contar – falei. Porque realmente não havia. Jesse tinha ido embora. E eu tinha uma boa idéia de para onde.

E não havia nada que pudesse fazer a respeito.

Capítulo 18

— Encare os fatos — disse Cee Cee enquanto engolia sua metade de um *cannoli* que estávamos dividindo no dia seguinte, na festa do padre Serra. — Os homens são um horror.

— Você é que está dizendo.

— Sério. Ou a gente está a fim deles e eles não estão a fim da gente, ou a gente não está a fim deles...

— Bem-vinda ao meu mundo — falei, carrancuda.

— Ah, qual é — disse ela, abalada com meu tom de voz. — Não pode ser *tão* ruim.

Eu não estava no clima para discutir com ela. Por um lado fazia menos de 12 horas que tinha superado a dor de cabeça pós-deslocamento. De outro, havia a pequena questão do Jesse. Eu não estava muito ansiosa para falar dos últimos acontecimentos nessa área.

Já estava com problemas demais. Tipo, minha mãe e meu padrasto. Eles não tinham ficado *tão* homicidas quando chegaram de São Francisco e descobriram os destroços onde antes tinha havido sua casa... para não mencionar a convocação da polícia. Brad não somente estava de castigo pelo resto da vida, mas Jake, por ter concordado com todo o esquema da festa – para não mencionar o fornecimento do álcool –, teve a poupança para o seu Camaro totalmente confiscada para pagar as multas que a festa terminou custando. Só o fato de David estar em segurança na casa de Todd o tempo todo impediu Andy de matar os dois filhos mais velhos. Mas dava para ver que mesmo assim ele estava pensando nisso... especialmente depois de mamãe ter visto o que aconteceu com o armário de louças.

Não que Andy ou minha mãe estivessem particularmente satisfeitos comigo, também – e não porque soubessem que o armário de louças arrebentado fosse minha culpa, mas porque não dedurei meus meios-irmãos. Eu teria dado a entender o uso de chantagem, mas então eles saberiam que Brad sabia alguma coisa minha que valia chantagem.

Por isso fiquei de boca fechada, feliz porque, pela primeira vez, estava mais ou menos não sentindo culpa. Bem, a não ser com relação ao armário de louças – se bem que, felizmente, apenas eu tivesse conhecimento disso. Mesmo assim sabia que não podia evitar a culpa. Sabia muito bem para onde iria qualquer grana que ganhasse trabalhando como babá.

Tenho bastante certeza de que eles estavam pensando em me colocar também de castigo. Mas da festa do padre Serra eles não podiam me manter longe, porque, sendo membro da direção da turma, irmã Ernestina esperava que eu cuidasse de uma barraquinha. E foi assim que terminei na barraca de *cannoli* com Cee Cee, que, como editora do jornal estudantil, também deveria aparecer. Depois das atividades da noite anterior – você sabe, brigas enormes, viagem ao outro mundo e depois papo furado acompanhado por quantidades copiosas de pipoca e chocolate – nenhuma de nós estava nas melhores condições. Mas o número surpreendente de freqüentadores que pagavam um dólar por *cannoli* não parecia notar os círculos debaixo dos nossos olhos... talvez porque estivéssemos usando óculos escuros.

– Certo – disse Cee Cee. Tinha sido burrice da irmã Ernestine colocar Cee Cee e eu encarregadas de uma barraca de sobremesa, já que a maioria dos doces que deveríamos estar vendendo desapareciam pela nossa garganta abaixo. Depois de uma noite como a que tivemos, sentíamos necessidade de açúcar. – Paul Slater.

– O que é que tem?

– Ele gosta de você.

– Acho que sim.

– É isso? Você *acha*?

– Eu lhe disse – falei. – Eu gosto de outro.

– Certo – disse Cee Cee. – Jesse

– Certo. Jesse.

– Que não gosta de você?

– Bem... é.

Cee Cee e eu ficamos sentadas em silêncio um minuto. À nossa volta soava música de *mariachis*. Perto da fonte, crianças batiam em *piñatas*. A estátua de Junipero Serra tinha sido adornada com guirlandas de flores. Havia uma barraca de salsicha com pimenta bem ao lado da de taco. Havia tantos italianos na comunidade da igreja quanto latinos.

De repente, olhando-me por trás dos óculos escuros, Cee Cee falou:

– Jesse é um fantasma, não é?

Engasguei no *cannoli* que estava comendo.

– O... o quê? – perguntei entalada.

– Ele é um fantasma – disse Cee Cee. – Você não precisa se incomodar em negar. Eu estava ali ontem à noite, Suze. Eu vi... bem, eu vi coisas que não podem ser explicadas de outro modo. Você estava falando com ele, mas não havia ninguém. E no entanto alguém estava segurando o Paul debaixo da água.

Falei, sentindo-me vermelha como uma beterraba:

– Você pirou.

– Não. Não pirei. Gostaria de ter pirado. Você sabe que eu odeio esse tipo de coisa. Coisas que não podem ser explicadas cientificamente. E aquelas pessoas estúpidas na TV, dizendo que podem falar com os mortos. Mas... – Um turista apareceu, bêbado do sol forte, do ar puro do oceano e da cerveja extremamente fraca que estavam servindo na barraca alemã. Colocou um dólar. Cee Cee lhe entregou um *cannoli*. Ele pediu um guardanapo. Nós notamos que o porta-guardanapos estava vazio. Cee Cee pediu desculpas. O turista deu um riso bem-humorado, pegou o *cannoli* e foi embora.

– Mas o quê? – perguntei nervosa.

– Mas com você, eu estou disposta a acreditar. E um dia – acrescentou ela, pegando o porta-guardanapos vazio – você vai me explicar tudo.

— Cee Cee — falei, sentindo o coração voltar ao ritmo natural. — Acredite. É melhor você não saber.

— Não. — Cee Cee balançou a cabeça. — Não é. Eu odeio não saber as coisas. — Então sacudiu o porta-guardanapos. — Vou pegar mais. Você pode ficar sozinha um minuto?

Assenti, e ela se afastou. Não sei se ela fazia idéia de como tinha me abalado. Fiquei ali sentada, imaginando o que deveria fazer. Só uma outra pessoa viva sabia o meu segredo — uma única pessoa além do padre Dom e de Paul, claro — e nem mesmo ela, minha melhor amiga Gina, lá no Brooklyn, sabia tudo. Eu nunca tinha contado a mais ninguém porque... bem, porque quem iria acreditar?

Mas Cee Cee acreditava. Cee Cee tinha deduzido sozinha e acreditava. Talvez, pensei. Talvez a coisa não fosse tão maluca quanto eu sempre achei.

Ainda estava ali sentada, tremendo, mesmo com os 23 graus e o sol. Estava tão absorvida nos pensamentos que não escutei a voz que falava comigo do outro lado da barraca, até que ela disse meu nome — ou alguma coisa parecida — por três vezes.

Ergui os olhos e vi um rapaz com uniforme azul-claro rindo para mim.

— Suze, não é? — disse ele.

Olhei do sujeito para o rosto do velho cuja cadeira de rodas ele estava empurrando. Era o avô de Paul Slater e seu enfermeiro. Sacudi a cabeça e me levantei.

— Hmm — falei. — Oi. — Dizer que eu me sentia meio confusa seria o eufemismo do ano. — O que vocês... o que vocês estão fazendo aqui? Eu pensei... eu pensei...

– Você pensou que ele não podia sair de casa? – perguntou o enfermeiro com um riso. – Não exatamente. Não, o Sr. Slater gosta de sair. Não é, Sr. Slater? De fato ele insistiu em vir aqui hoje. Eu não achei adequado, você sabe, dado o que aconteceu com o neto dele ontem à noite, mas Paul está em casa, se recuperando muito bem, e o Sr. S. foi inflexível. Não foi, Sr. S.?

O avô de Paul fez uma coisa que me surpreendeu. Olhou o enfermeiro e disse numa voz perfeitamente lúcida:

– Vá pegar uma cerveja para mim.

O enfermeiro franziu a testa.

– Ora, Sr. S. O senhor sabe o que o médico diz...

– Faça isso – disse o Sr. Slater.

O enfermeiro, com um olhar divertido para mim como se dissesse "Bem, o que se pode fazer?", foi até a barraca de cerveja, deixando o Sr. Slater sozinho comigo.

Encarei-o. Na última vez em que o tinha visto, ele estivera babando. Agora não estava. Seus olhos azuis eram remelentos, certo. Mas eu tinha a sensação de que viam muito mais do que estava acontecendo em volta além de simplesmente reprises de *Family Feud*.

De fato eu tive certeza disso quando ele falou:

– Escute. Nós não temos muito tempo. Eu esperava que você estivesse aqui.

Ele falava depressa e baixo. De fato eu tive de me curvar para a frente, por cima dos *cannoli* para ouvir. Mas ainda que a voz fosse baixa, a pronúncia era claríssima.

– Você é um deles. Um dos deslocadores. Acredite, eu sei. Eu também sou.

Pisquei para ele.

– O senhor... o senhor é?

– Sim. E meu nome é Slaski, não Slater. O idiota do meu filho mudou. Não queria que as pessoas soubessem que ele era parente do velho maluco que vivia falando sobre pessoas com a capacidade de andar entre os mortos.

Eu só o encarei. Não sabia o que dizer. O que eu *poderia* dizer? Estava mais pasma com isso do que com o que Cee Cee tinha revelado.

– Eu sei o que meu neto lhe disse. Não preste atenção a ele. Ele entendeu tudo errado. Claro, você tem a capacidade. Mas isso vai matá-la. Talvez não agora, mas com o tempo. – Ele me encarou de dentro de uma máscara de rugas cinzentas e cheias de manchas de velhice. – Eu sei do que estou falando. Como aquele meu neto idiota, eu achei que era um deus. Não, eu achei que *era* Deus.

Eu tentei falar.

– Mas...

– Não cometa o meu erro, Susan. Fique longe disso. Fique longe do mundo das sombras.

– Mas...

Mas o avô de Paul tinha visto o enfermeiro voltando e rapidamente voltou para seu estado semicatatônico e não quis falar mais.

– Aí está, Sr. Slater – disse o enfermeiro, cuidadosamente segurando o copo plástico perto dos lábios do velho. – Boa e gelada.

O Dr. Slaski, para minha descrença completa, deixou a cerveja escorrer pelo queixo e cair na camisa.

— Eepa! — disse o enfermeiro. — Desculpe. Bem, é melhor a gente se limpar. — Ele piscou para mim. — Foi bom ver você de novo, Suze. Vejo você mais tarde.

Então empurrou o Dr. Slaski para longe, em direção à barraca de tiro ao pato. E para mim bastava. Eu precisava sair dali. Não podia ficar mais um minuto na barraca de *cannoli*. Não tinha idéia de para onde Cee Cee havia desaparecido, mas ela teria de lidar sozinha um tempo com a venda de doces. Eu precisava de um pouco de silêncio.

Saí por trás da barraca e andei cegamente pela multidão que apinhava o pátio, passando depressa pela primeira porta aberta que encontrei.

Vi que estava no cemitério da missão. Não voltei. Os cemitérios não me assustam muito. Quero dizer, se bem que talvez seja uma surpresa, os fantasmas quase nunca ficam nesses lugares. Quero dizer, perto de suas sepulturas. Eles tendem a se concentrar muito mais nos lugares onde viviam. Na verdade os cemitérios podem ser um local de descanso para os mediadores.

Ou deslocadores. Ou o que quer que Paul Slater esteja convencido de que eu sou.

Paul Slater que, como eu estava começando a perceber, não era só um sujeito manipulador que cursava a décima primeira série e por acaso sentia tesão por mim. Não, segundo seu avô, Paul Slater era... bem, o demônio.

E eu tinha acabado de lhe vender minha alma.

Esta não era uma informação que eu poderia processar

ASSOMBRADO

com facilidade. Precisava de tempo para pensar, tempo para deduzir o que faria em seguida.

Pisei no cemitério fresco, sombreado, e entrei num caminho estreito que, nesse ponto, tinha se tornado um tanto familiar para mim. Eu passava um bocado por ele. De fato algumas vezes, quando fingia que tinha de ir ao banheiro no meio das aulas, era para cá que vinha, ao cemitério da missão e a este caminho. Porque no fim dele havia uma coisa muito importante para mim. Uma coisa da qual eu gostava.

Mas dessa vez, quando cheguei ao fim do pequeno caminho de pedras, descobri que não estava sozinha. Jesse estava ali, olhando para sua própria lápide.

Eu sabia de cor as palavras que ele estava lendo, porque fui eu que, com o padre Dom, tinha supervisionado a gravação delas.

Aqui jaz Hector "Jesse" De Silva, 1830-1850, Irmão, Filho e Amigo Amado.

Jesse ergueu os olhos e eu fui para perto. Sem palavras ele estendeu a mão por cima da lápide. Eu cruzei os dedos com os dele.

– Desculpe – disse ele, com o olhar mais escuro e opaco do que nunca. – Por tudo.

Dei de ombros, mantendo o olhar na terra em volta de sua lápide.

– Entendo, acho. – Mas não entendia. – Quero dizer, você não pode evitar se... não sente o mesmo que eu sinto por você.

Não sei o que me fez dizer isso. No minuto em que as palavras saíram da minha boca, desejei que o túmulo abaixo de nós se abrisse e me engolisse também.

Então você pode imaginar minha surpresa quando Jesse perguntou, numa voz que eu mal reconheci como sua, de tão cheia de emoção represada:

– É isso que você acha? Que eu *queria* ir embora?

– Não queria? – Encarei-o, completamente pasma. Estava me esforçando muito para ficar friamente distanciada da coisa toda, já que tinha tido o orgulho pisoteado. Mesmo assim meu coração, que eu poderia ter jurado que havia se encolhido e explodido há um ou dois dias, subitamente voltou trêmulo à vida, mesmo eu o alertando para não fazer isso.

– Como eu poderia ficar? – perguntou Jesse. – Depois do que aconteceu entre nós, Suzannah, como eu poderia ficar?

Eu realmente não tinha a menor idéia do que ele estava falando.

– O que aconteceu entre nós? O que você quer dizer?

– Aquele beijo. – Ele soltou minha mão, tão subitamente que eu cambaleei.

Mas não me importei. Não me importei porque ia começando a pensar que alguma coisa maravilhosa estava acontecendo. Uma coisa gloriosa. Pensei nisso ainda mais quando vi Jesse levantar uma das mãos e passar os dedos pelos cabelos, e vi que eles estavam tremendo. Os dedos, quero dizer. Por que os dedos dele estariam tremendo assim?

– Como eu poderia ficar? – perguntou Jesse. – O padre Dominic estava certo. Você precisa estar com alguém que sua família e seus amigos possam *ver*. Precisa de alguém com quem você possa envelhecer. Precisa de alguém *vivo*.

De repente tudo estava começando a fazer sentido. Aquelas semanas de silêncio incômodo entre nós. O distanciamento de Jesse. Não era porque ele não me amasse. Não era porque não me amasse, de jeito nenhum.

Balancei a cabeça. Meu sangue, que eu tinha começado a suspeitar de que havia se congelado nas veias nos últimos dias, pareceu subitamente correr de novo. Esperei não estar cometendo outro erro. Esperei que isso não fosse um sonho do qual acordaria logo.

— Jesse — falei, bêbada de felicidade. — Eu não me importo com nada disso. Aquele beijo... aquele beijo foi a melhor coisa que já me aconteceu.

Eu estava simplesmente declarando um fato. Só isso. Um fato que eu tinha certeza de que ele já conhecia.

Mas acho que foi surpresa para ele, porque a próxima coisa que percebi foi que Jesse tinha me puxado para os seus braços e estava me beijando de novo.

E foi como se o mundo, que nas últimas semanas tinha estado fora do eixo, subitamente se ajeitasse. Eu estava nos braços de Jesse, e ele estava me beijando, e tudo estava bem. Mais do que bem. Tudo estava perfeito. Porque ele me amava.

E, sim, certo, talvez isso significasse que ele precisava se mudar de casa... e sim, havia toda a coisa do Paul. Eu ainda não tinha certeza do que faria a respeito.

Mas qual era a importância de tudo isso? Ele me amava!

E dessa vez, quando me beijou, ninguém interrompeu.

Este livro foi composto na
tipologia Stone Serif em corpo 10,5/17
e impresso em papel off-white 80g/m²
no Sistema Cameron da Divisão Gráfica
da Distribuidora Record